KB243828

글쓰기 나무심기

시인 교장 선생님이 우리 모두에게 띄우는 편지

글쓰기 나무심기

시인 교장 선생님이 우리 모두에게 띄우는 편지

초판 제1쇄 인쇄 2013. 6. 21.
초판 제1쇄 발행 2013. 6. 27.

지은이 김 녹 촌
펴낸이 김 경 희
펴낸곳 (주)지식산업사
본사 ● 413-832, 경기도 파주시 교하읍 문발리 520-12
전화 (031) 955-4226~7 팩스 (031)955-4228
서울사무소 ● 110-040, 서울시 종로구 통의동 35-18
전화 (02)734-1978 팩스 (02)720-7900
한글문패 지식산업사
영문문패 www.jisik.co.kr
전자우편 jsp@jisik.co.kr
등록번호 1-363
등록날짜 1969. 5. 8.

책값은 뒤표지에 있습니다.

ISBN 978-89-423-7868-5 (03810)

이 책을 읽고 저자에게 문의하고자 하는 이는
지식산업사 전자우편으로 연락 바랍니다.

삽사리문고 47

글쓰기 나무심기

시인 교장 선생님이 우리 모두에게 띄우는 편지

김녹촌

지식산업사

머리말

사실 이 글은, 뜻하지 않게 씌어진 글입니다. 이런 논설조의 글은 내가 좋아하질 않아, 세상에 대고 하고 싶은 말은 많아도, 그걸 글로 쓸 생각은 조금도 없었기 때문입니다.

그런데, 2009년 늦가을 어느 날, 나는 어린이시 문집 출판 관계로 지식산업사에 갔었습니다. 김경희 사장님을 만나자, 반가움에 나는 또 입버릇처럼 비분강개조로 넋두리를 늘어놓기 시작했습니다. 그러자, 그걸 가만히 듣고 계시던 김 사장님께서 느닷없이,

"그럼, 그것부터 글로 먼저 써 보시지요?"

하고 권하는 것이 아닙니까? 너무도 갑작스런 제안에 어리둥절해 있던 나는,

"아니, 이런 것도 글이 되겠습니까?"

하고 되물었더니,

"그런 증언을 할 사람이 없습니다. 사실대로 쓰면 후세에 남

을 겁니다."

라고 하는 것이었습니다.

그 말을 듣고 생각에 잠겨 있다가, 더욱이 '증언'과 '후세'란 말에 공감이 가면서, 갑자기 내 마음이 움직이기 시작했습니다.

'맞아. 맨날 넋두리만 늘어놓을 게 아니라, 하나의 증언으로 남기는 것도 헛되지 않을 것 같아.'

하고 말입니다.

내가 늘어놓는 넋두리는, 자신이 교육자 출신이고, 아동문학과 글쓰기교육을 전공한 관계로, 너무도 잘못된 이 나라의 국어교육과 글쓰기 지도에 관한 것이 대부분이었습니다. 특히 허풍투성이 논설문 지도나, 형편없는 한글 교육이나, 글쓰기교육 문제 등에 화제가 이르게 되면, 으레 내 목소리는 더욱 높아지기 마련이었습니다.

왜냐하면, 논설문 지도건, 한글 교육이건, 글쓰기교육이건 간에, 전문가의 눈으로 보자면 너무도 잘못돼 있을 뿐 아니라, 거의 구제불능의 황무지 상태에 놓여 있기 때문입니다. 오늘날 이 나라 어린이들의 국어실력이 어느 정도냐 하면, 국어책 하나 제대로 못 읽는 어린이가 수두룩할 뿐 아니라, 독해력이 없어 책을 읽어도 내용을 잘 모르고, 글 한 줄 옳게 쓸 줄 모르는, 실로 상상을 넘어설 정도입니다.

나는 글쓰기 직접지도를 자그마치 60년 남짓 해 왔고, 또, 현재도 경인 지방 어린이들을 상대로 강의를 하고 있기 때문에, 누구보다도 그 실정을 잘 알고 있습니다. 나는 어린이 상대 글쓰기 강의를 할 때는, 반드시 사전에 글쓰기 지도의 바탕을 만들기 위해, 본보기글 바르게 읽기와 대강의 뜻 붙잡기와 내용 새기기, 받아쓰기 등의 일반적인 독해과정을 반드시 밟으며, 본보기글 감상을 충분히 하도록 합니다. 그리고 난 뒤에, 전문적인 글쓰기 진행과정인 원고지 쓰는 법 익히기, 글쓰기 제목 붙잡기, 얼거리 짜기, 초벌쓰기, 글고치기(퇴고), 원고지 쓰기 등의 지도과정에 따라 글쓰기 지도를 해 나가는데, 그 지도과정 그 어디에서도, 어린이들이 올바른 국어 지도나 글쓰기 지도를 받은 흔적을 찾을 수가 없습니다. 어린이들이 너무도 국어실력이 없어, 마치 하늘이 무너지는 절망감과 함께 참을 수 없는 분노를 거의 날마다 느끼고 있는 실정입니다.

어린이들의 진짜 국어실력은, 반드시 실제로 직접 국어책을 읽혀 보거나, 받아쓰기나, 글쓰기를 시켜 봐야만 똑바르게 알 수가 있습니다. 4지선택이나 5지선택의 학력검사 가지고서는, 절대로 어린이들의 진짜 국어실력을 알 수가 없습니다. 서술형이 아닌 그런 답지선택의 학력검사로는, 실제 생활현장에서 직접 써먹을 수 있는 실질적인 국어실력은 조금도 검사해 낼 수가 없기 때문입니다.

그런데도, 그런 부정확한 학력검사 결과만 믿고, 받아쓰기나 글쓰기 시험을 한 번도 쳐 보지도 않고, 거의 무심하고 안존해 있는 교육행정 당국자나 교육자들을 보면, 바보처럼 느껴져 안타까울 때가 참으로 많습니다. 책도 옳게 못 읽고, 글 한 줄 제대로 못 쓰는 어린이들이 수두룩한데도, 그런 기본이 하나도 안 된 어린이들을 데리고, 창의성 교육 운운하며 허풍이나 떨고 있으니 말입니다.

이렇게 모든 교육의 근본이 되는 국어교육과 글쓰기교육을 잘못하고 있기 때문에, 우리 교육이 판판이 실패만 거듭하고 있습니다. 그래서, 한국의 우수한 학생들이 미국으로 유학을 갔지만, 에세이 하나 못 써서, 많은 학생들이 도중탈락을 하고 마는 수모를 겪고 있다고 합니다. 이 얼마나 수치스럽고 비참한 일입니까? 이건 오로지 우리나라 교육자들의 연구부족과 자질부족에서 나온 것이 아닐까요? 한국교육의 병집이 이만저만 크고 깊은 게 아닙니다. 그런 우리 교육의 중병 치료에 조금이라도 도움이 될까 해서, 배운 것이 많지 않고 재주가 없는〔천학비재한〕제가 무릅쓰고 나서서 이 글을 쓰게 된 것입니다.

한국의 국어교육과 글쓰기교육을 가로막고 있는 여러 가지 문제점들의 해결을 위해, 원인분석과 함께 해결방안을 이 글에서 제시하기도 했습니다만, 내 말이 다 옳다고는 할 수가 없을 것입니다. 또, 내 글 가운데 서툰 데나 케케묵은 소리를 한 데도 많을 것이고, 귀에 거슬리는 소리도 많을 것입니다. 그러나, 그 귀에 거슬리는 소리들은, 제가 60여 년 동안 끙끙대며 속앓이를 해 오던 응어리의 거짓 없는 고백이고 증언이오니, 끝까지 한 번 읽어 봐 주시기 바랍니다.

이제 우리나라도 핀란드처럼, 활용력活用力과 응용력應用力과 창조력創造力 등, 실용적인 역량力量을 중시하는 새로운 학력관學力觀으로 발상 전환이 하루빨리 이루어져, 어린이들이 실용적인 글을 척척 써낼 수 있도록 만들어야 하겠습니다.

그리고, 이 글에는, 일본이나 미국의 기초교육이나 논설문 지도에 대한 정보도 소개해 놨으니, 읽어 보시고 많이 활용해 주시기 바랍니다.

거듭 강조하거니와, 교육현장에서 일하시는 교사, 교육 관련 공무원, 그리고 시·도 교육감, 교육부 장관 여러분들은, 이 전직 교장의 간절한 외침을 곰곰이 새겨들으시고, 우리 2세 교육을 빠른 시일 안에 바로잡아 주실 것을 손 모아 빌고 빕니다. 아울러, 부모님들 또한, 우리 아이들이 바른 교육을 받을 수 있도록, 저의 외침에 함께 해 주시기 바라 마지않습니다.

2012년 4월 15일

김 녹 촌

차례

제2장 글쓰기교육의 기초 다지기

제1장 논설문 '광풍'으로 잃어버린 글쓰기교육

1. 한국교육의 잘못에 대한 어느 미국 대학교수의 폭탄선언

《중앙일보》가 2008년 11월 28일부터 12월 1일까지 3회에 걸쳐, '미국에서 고전하는 한인학생'이란 제목 아래, 한국교육의 맹점을 폭로하는 기사를 실었습니다. 그래서, 나는 큰 충격을 받았습니다.

그 특집기사의 요점인즉, 미국 웨슬리언대 오버튼 교수가 한국 교육자들을 향해, "영어든 한국어든, 글쓰기 연습을 좀 많이 시키라."고, 굴욕적이면서도 뼈아픈 충고를 하였다는 것입니다. 그 교수는 한국에도 여러 번 와 봐서, 한국의 잘못된 주입식 교육과 황무지 상태의 한국의 글쓰기교육에 대해서도, 누구보다도 잘 알고 있는 학자라고 합니다. 그는 말하기를,

"많은 한국 유학생은 무척 열심히 한다. 그러나, 창의적인 학습방식

이 생소한 탓인지, 처음엔 당황해하는 것 같다. 글쓰기(작문) 시간에 일정한 주제만 던져 주고 본인 마음대로 쓰라고 하면, 꽤 충격을 받는다. 지금까지는 늘 무엇을, 어떤 소재를 가지고, 어떻게 쓰라는 구체적인 지침을 받아 왔던 것 같다."

고 하고, 또

"영어라면 더 좋지만, 한국어로라도 자신의 논리를 세우는 글쓰기 연습을 많이 해, 비판적 사고와 창조적 능력을 키우라."

고도 하고, 그에 덧붙여

"창의적인 에세이를 쓰려면, 특정 사안이나 사물에 대해 심사숙고하는 습관이 있어야 한다. 그러나, 한국의 주입식 교육은 이런 기회를 박탈하는 것 같다. 한국에 가 보았더니, 고교생들이 밤 11~12시까지 공부하고는, 겨우 몇 시간 잔 뒤 다시 학원으로 향하더라. 이래서는 학생들이 너무 피곤해져, 새로운 정보를 흡수할 수가 없다. 물론 시험 보는 요령을 배우고, 많은 것을 달달 외워서, 시험점수는 좋을 것이다. 그러나, 이런 교육 시스템으로는, 비판적 사고와 창조적 능력을 얻을 수는 없다."

고 갈파했다고 합니다.

이 얼마나 구구절절이 한국교육의 허점을 정통으로 찌르는 날카로운 비판들입니까? 이 얼마나 직접체험을 통해서 얻어 낸, 생생한 증거를 가지고 던지는 진정 어린 충고입니까? 참으로 국내에선 그 어디에서도 도저히 들을 수 없는, 귀가 번쩍 뜨이는 충격적인 폭로요, 날카로운 비판이요, 잘못된 한국교육의 맹점을 찌르는 폭탄선언이 아니고 무엇이겠습니까?

나는 그 특집기사를 읽고, 참으로 통쾌했습니다. 십 년 묵은 체증이 싹 한꺼번에 씻겨 내려가는 것처럼 속이 시원했기 때문입니다. 한평생을 잘못돼 가고 있는 한국교육을 걱정하고 한탄하다가 응어리진 속병을, 한꺼번에 확 풀어 주는 명확한 증거들이, 그 신문기사 속에 담겨 있었기 때문입니다. 그리고, 내가 한국교육에 대해 하고 싶었던 말을, 하나하나 정곡을 찌르며 대변해 주고 있어서였습니다.

하나의 예를 들자면, 정작 국어교육이 마땅히 힘써야 할 '기초 다지기 교육'은 하나도 하지 않으면서, 만날천날 논설문 쓰기와 영어 몰입교육만을 부르짖는가 하면, 컴퓨터 교육 활성화로 칠판 없는 교실을 만든다는 등의 본말本末이 전도된 망언만을 함부로 떠들어 대곤 하더니, 그 엉터리 교육의 잘못이 백일하에 몽땅 다 드러나고 말았으니, 그 얼마나 통쾌한 일이냐는 것입니다. 그것도, 도저히 꼼수를 부릴 수 없는 세계적인 무대인, 미국 한복판에서 명명백백하게 다 폭로되고 말았으니 말입니다.

이제는, 한국교육 당국이 쉬쉬하며 감추고 있었던 모든 치부를 다 털어놔야 합니다. 그리고, 속죄해야 합니다. 이제는 감추려 해도 도저히 감출 수가 없는 세상이 되고 말았습니다. 학급붕괴·학교붕괴 현상이 널리 퍼지고 있는 것은, 무너진 학력실태를 너무 오랫동안 감추어 왔기 때문인 것입니다. 잘못을 솔직히 인정하고, 정직하게 새 출발을 하는 현명한 교육자가 되어야 하겠습니다.

우선 가장 문제가 되고 있는 국어교육과 논설문교육 실태를 한 번 따져 봅시다.

국어과 학습을 원만히 진행하려면, 국어과의 기초학력인, 문자력文字力·어휘력語彙力·독해력讀解力·주제파악력主題把握力·문법력文法力·문장표현력文章表現力·사고력思考力·구상력構想力 등 20가지 정도의 기본학력이 꼭 필요합니다. 그런데 한국의 어린이들은 지금 한글조차 옳게 몰라, 글조차 유창하게 읽을 줄 모를 뿐 아니라, 읽어도 독해력이 없어 내용도 잘 모르고, 문장력이 없어 글 한 줄 옳게 쓸 줄 모르는 지경에 이르고 말았습니다.

내 말이 믿기지 않거든, 당장 어린이를 상대로 읽기 시험과 받아쓰기 시험과 글쓰기 시험을 한 번 쳐 보라는 것입니다. 그러면, 기초가 너무도 안 돼 있는 엉망진창인 국어교육의 실태에 깜짝 놀라, 뒤로 화들짝 나자빠지고 말 것입니다. 그것이 바로 한국 국어교육의 현주소인 것입니다. 내가 주장하는 것은, 이 실상을 솔직하게 인정하고, 제대로 원인분석을 해서, 정직하게 새 출발을 하자는 것입니다. 이제는 절대로 잘못을 감추지 말자는 것입니다.

요즘 한국의 어린이들은 너무도 국어실력이 없습니다. 애들에게 글쓰기를 가르쳐 보면, 그 어디에서도 국어교육을 받은 흔적을 찾아 볼 수가 없습니다. 한마디로 이 나라에는 국어교육도 글쓰기교육도 없다고 해도 지나친 말이 아닙니다. 이는 틀림없는 현실이요, 사실인 것입니다. 나는 60여 년 동안 어린이 상대 글쓰기 지도를 꾸준히 실천해 오고 있기 때문에, 누구보다도 어린이들의 실태를 잘 알고 있습니다.

서울이나 경인 지역 이른바 수도권 어느 곳에 가서 글쓰기 지도를 해봐도, 읽기·말하기·듣기·쓰기 등의 기초교육이 하나도 되어 있지 않아서, 한글 낱자 지도부터 새로이 다져 가며, 글쓰기 지도를 해야만 했습니다. 그럴 때마다 나는 속이 부글부글 끓어올랐습니다. 이 땅의 실력 없고 성의 없는 교육을 혼자서 한탄도 많이 하고, 한없이 교육자들을 원망하기도 했습니다.

논설문 지도도 마찬가지입니다. 써라! 써라! 하고 떠들어 대기만 했지, 지도이론이나 지도방법은 하나도 제시함이 없이, 그저 논설문 나팔만 불고 있습니다. 물론, 중·고등학교에는, '논술' 교과서까지 나와 있긴 하지만, '논술은 어떤 문제상황에 대하여 타당한 근거를 가지고, 자신의 주장을 논리적으로 쓰는 글이다.' 라는 논술의 정의 가운데, '문제상황' 붙잡기 실력은, 바로 '생활문' 쓰기를 통해서 길러진다는 사실을, 아무 데도 이야기해 놓지 않고 있습니다. 즉, 논설문 쓰기의 이론연구가 부족해, 논설문교육이 실패하고 만 것입니다.

또, 서울 시내 초등학교에서는 《논술의 길잡이》란 책을 만들어, 저학년 어린이들에게까지 논설문 쓰기를 강요하고 있는 것을 보고 깜짝 놀랐습니다. 초등학교는, '생활문' 쓰기 단계지, 절대로 '논설문' 쓰기 단계가 아닌데도, 심신발달단계에 맞지도 않는 엉뚱한 일을 하고 있기 때문입니다. 3학년 자료의 내용을 보니, 중학교에서나 가르쳐야 할 내용과 전문용어로 가득 차 있었습니다. 거기에는, 논설문의 기초가 되는, 일기·생활문·시 쓰기의 기초지도에 대한 것은 단 한 마디도 없었습니다. 글쓰기 지도의 기초이론에 하나도 맞지 않은 내용으로 꽉 메워져 있었습니다. 그런 엉터리 짓을 하는 사람들을, 어떻게 전문직 간판을 가진 교육자라고 할 수가 있습니까?

초등학교에서 논설문 지도는, 논설문의 기초가 되는 일기·생활문·시·독후감 쓰기 등의 기초실력이 다져진 뒤에 해야만, 바라는 대로의 성과를 거둘 수가 있는 법입니다. 그런데, 그런 지도원리는 하나도 고려하지 않은 채, 덮어놓고 논설문을 쓰라고 강요만 하니, 될 리가 없는 것입니다. 모든 일은 순리順理를 따라야 제대로 되는 법이 아닙니까? 그런데, 본말이 뒤집힌 역리逆理의 일만 저지르고 있으니, 그 얼마나 어리석고 바보 같느냐는 것입니다. 생활문 쓰기 등을 통해서 문제상황을 붙잡는 비판력이나 문장력이 없으면, 절대로 논설문 지도를 할 수도 없고, 해봐도 잘 되지가 않습니다.

중·고등학교 합해서 6년 동안이나 논술 교과서를 통해 논술 공부를 한 우수한 한국 유학생들이, 미국에 가서 에세이 하나 옳게 쓸 줄 몰라 절절 매는 것도, 그 기초가 되는 문장력文章力이 하나도 길러져 있지 않았기 때문인 것입니다. 그 논설문의 기초가 되는 생활문은, 주로 황금기인 초등학교 6년 동안에 길러지는 법인데, 초등학교 6년 동안 원고지 한 장 써 보지 않았다는 어린이가 수두룩한 판이니, 무슨 재주로 논리성論理性과 문학성文學性이 가미된 에세이를 옳게 써 낼 수가 있겠느냐 말입니다. 결국 한국 유학생들은, 초등학교 6년, 중학교 3년, 고등학교 3년, 도합 12년 동안을, 올바른 글쓰기 지도 한 번 제대로 받아 보지 못한 채 미국에 갔으니, '세계에서 가장 글을 잘 못 쓰는 학생', '한국선 우등생, 미국 가선 열등생'이라고 놀림을 당해도, 어디다 대고, 어떻게 하소연을 할 수가 있겠습니까?

그런데, 이런 우세스런 일이 어째서 일어나게 되었을까요? 그것은, 두말할 것도 없이 한국의 기초교육이 잘못 돼서 그렇게 된 것입니다. 한국의 국어교육과 글쓰기교육과 논설문교육이 잘못 돼서 그런 것이고, 그것은, 또한 한국 교육자들의 연구부족·실력부족·성의부족 때문에 그리 된 것입니다. 한국의 모든 교육자들은 거적 깔고 엎드려 벌받기를 기다리는 심정으로 무릎 꿇고 앉아 맹반성을 해야 할 것입니다.

그러나, 이 나라에서는, 그 신문기사가 보도된 뒤, 지금까지 교육당국이나 정치계나 사회단체 등에서 아무 반응이 없었습니다. 데모가 일어나고, 세상이 발칵 뒤집힐 만한 사건인데도, 그걸 느끼지 조차 못하고 있는 걸 보고, 그 둔감과 무관심에 나는 또 한 번 깜짝 놀라지 않을 수 없었습니다. 그 가운데서도 특히 교육당국의 무반응이 큰 문제라고 생각했습니다. 폭탄선언과도 같은 국제적인 큰 사건이었는데도, 그걸 느끼지조차 못하고 묵묵부답으로 가만히 있으니, 그 얼마나 바보스럽고 무책임한 사람들입니까? 혹시 알면서도 흐지부지 적당히 눈감고 넘어가려 했던 것은 아닐까요? 제정신이 있는 사람이라면, 기사가 나간 뒤 당장에 실태조사를 하고 원인분석을 해서, 대처방안을 내놓고 했어야 옳을 일인데, 감감무소식이었습니다. 나라의 밑동이 썩어 문드러지고 있다는 증거가 드러난 급하고도 급한 중대한 일인데도, 그걸 흐지부지 넘어가 버리고 말다니, 어떻게 그런 사람들에게 교육이란 중책을 맡길 수가 있겠습니까?

그 특집기사를 보면, 에세이 쓰기 실력이 전혀 없는 한국 유학생들 때문에, 미국에 에세이 학원까지 생기게 되었다고 합니다. 그런데, 미국 코리아타운 플러싱 일대에서 가장 큰 학원으로 꼽히는 켄트아카데미의 조이스 최 실장은,

"대부분 유학생의 최대 난관은 에세이 작성인데, 일부 학생은 너무 기본이 없어, 써 온 글을 고치는 것 자체가 무척 힘든 경우가 적지 않

다."

고 말하고, 또,

"미국 대학에 와서 어떻게 책을 읽고 분석해야 하는지, 전혀 감을 못 잡는 유학생이 많은 것 같다. 그리고, 주입식 교육으로 교과과정에만 매달려 온 탓인지, 참고서적을 보고 다양한 지식을 섭취하는 데 서툴다. 대학은 학생 자신이 스스로 지식을 얻는 곳인데, 이 부분에서 무척 약한 것 같다고, 강사들이 이구동성으로 말한다."

고 했다 합니다.

그리고, 《중앙일보》는 또, 2009년 5월 18일부터 3회에 걸쳐, '한국선 우등생, 미국 가선 열등생'이란 타이틀 아래, 한국 유학생들의 에세이 실력 부족에 대한 특집기사를 실었습니다. 그런데, 미국 뉴욕의 입시학원 교사 최 모 씨는,

"최근 한 11학년생(국내 고교 2학년)의 에세이를 읽고, 큰 충격을 받았다. 수학 등 다른 성적은 괜찮은 이 학생의 논리가 초등학생 수준이었기 때문이다. 에세이 제목은 '언제나 창조는 모방보다 좋은 것인가?' 였다. 그런데, 에세이에는, '시험 도중 친구 답을 베꼈더니 틀렸다.', '경험상 남을 따라 하면, 꼭 실패가 따른다.'는 요지로 글을 썼다. '왜

why'와 '어떻게how'를 물을 줄 모르는 한국식 평면적 교육이 빚어 낸 코미디 같은 이야기다. 한국 학생들은 순종을 미덕으로 삼는 유교문화에다 주입식 교육의 영향으로, '비판적 사고critical thinking'에 전혀 익숙하지 않다. 한국에선 어떻게 비판적으로 생각해야 하는지에 대해 정식으로 배운 적이 없을뿐더러, 질문하려 들면, '쓸데없이 따지고 든다.'는 핀잔을 받기 일쑤다. 이 때문에, 한국 학생들을 접해 본 미국 교사들은, 질문할 줄 모르는 수동적 태도와 평면적 사고를 문제점으로 지적한다."

고 말했다고 합니다.

이렇게, 실력 없는 한국 유학생들의 슬픈 사실이 신문들의 특집기사를 통해 속속 보도되고 있는데도, 교육당국은 귀머거리가 된 듯 쿨쿨 낮잠만 자고 있습니다. 이런 제구실을 못하는 교육당국이나 교육자들을 그대로 놔두어서야 되겠습니까? 이제는 학부모와 사회단체가 들고 일어서야 합니다. 미국에선 실력 없는 학교는 무자비하게 폐교까지 시켜 버린다는데, 우리나라도 그런 극단적인 조치라도 취해야 되지 않겠습니까? 만날 낮잠만 자고 있는 사람들, 두어서 어디다 써먹겠습니까? 모두 나서서, 교육개혁을 위한 특별대책을 시급히 강구해야 할 것입니다.

2. 그릇된 논설문 광풍으로, 잃어버린 글쓰기교육 30년!

한국 교육계에 '논설문'이란 말이 나오기 시작한 것은, 1980년대 중반쯤이었는데, 1994년부터 대학입시에 논설문 시험이 추가되자, 그것이 광풍狂風으로 변하기 시작했습니다. 처음엔 중·고등학교를 중심으로 논설문 바람이 일기 시작해서 학원가로 옮겨져 가더니, 돈이 될 것 같으니까, 초등학생과는 그리 깊은 관계가 별로 없는 논설문 지도가, 초등학생 상대 학원가에까지 불기 시작했습니다.

그러자, 학원가에서는, 초등학생들에게 논설문 지도를 하면, 어린이들의 사고력 발달에 무슨 천지개벽이라도 일어날 것처럼 선전하기 시작했습니다. 그러자, 자녀의 명문대 입학이나 미국 유학을 꿈꾸는 눈치 빠른 어머니들이 거기 휩쓸리게 되면서, 논설문 광풍은 초등학교는 물론, 유치원에까지 불기 시작했습니다. 그러자, 학부모들은, 그 광풍 대열에 끼지 않으면, 자기만 낙오자가 되는 것이 아닌가 하는 불안감을 느끼게 되었고, 학원가에서는 그 불안심리를 이용해, 어린이들을 많이 끌어 모으는 데 성공했습니다. 그리하여, 글쓰기에 대한 전문지식이 없는 관계로, 학원가에서는 글쓰기교육과는 별로 상관이 없는 교재를 만들어, 엉터리 강의를 하면서 비싼 강의료를 챙기기도 했습니다. 이른바 '독서논술'이란 이름 아래, 강사들이 각 가정으로 돌아다니며, 수련장식 교재에 단답短答을 다는 형태의 강의를 하는 것이 그 특징입니다.

그들은, 무슨 동화를 하나 읽히고, 그 작품 내용의 질문에 대한 답을 수련장식 교재에 짧게 쓰도록 요구할 뿐, 좀 긴 문장으로 답을 달거나, 원고지에 쓰는 것을 요구하지 않습니다. 왜냐하면, 긴 글을 쓰게 하거나 원고지에 쓰게 하면, 어려우니까 애들이 힘들어할 것이고, 애들이 힘들어하면 학원을 그만두게 될 것이고, 애들이 그만두게 되면, 강사들의 수입이 줄어들기 때문입니다. 그래서, 그들은, 마땅히 가르쳐야 할, 글쓰기 실력을 높이는 제대로 된 내용은 가르치지 않고, 오직 애들이 할 수 있는 쉬운 과제만 주어 풀게 하면서, 애들을 붙잡아 두는 지연전술을 쓰기 마련입니다.

그 지연전술을 눈치 챈 학부모들이 왜 긴 글이나 원고지 쓰기를 가르치지 않느냐고 물으면, "나중에 학년이 올라가면 자연히 알게 된다."고 하면서, 그 순간을 모면하곤 하는데, 그건 완전히 잘못된 짓입니다. 나중에 자연히 알게 된다는데, 가르치지 않아 배우지 못했는데, 어떻게 나중에 자연히 알게 될 수가 있을까요? 모든 공부는 제 때에 가르치지 않으면, 학력결손이 일어나게 되고, 그리하여 학습부진 현상이 일어나게 됩니다. 그러니, 좀 긴 글 쓰기나 원고지 쓰기는 꼭 적기에 가르쳐야 하는 것이지요. 그리고, 글은 적어도 200자 원고지 다섯 장 정도 써야 짜임새 있는 글이 되고, 1학년 2학기쯤 되면, 1학년짜리 어린이도 원고지를 쓸 수 있게 되어야 합니다. 그런데, 200자 원고지 다섯 장 정도 써 내지 못한 그런 글쓰기는, 완전히 모자란 글쓰기입니다.

만일 그런 엉터리 강사들의 얼렁뚱땅 속입수에 걸려, 어린이들이 한 2년 정도 붙잡혀 있다 보면, 글쓰기 실력은 말할 것도 없고, 사고력·창의력·문장력 등이 완전히 멈추어 있어, 글 한 줄 못 쓰는 바보가 되고 말 것입니다. 그러니, 자녀들을 논술학원에 보낼 때는, 잘 알아보고 보내야 할 것입니다. 나는, 엉터리 강사의 감언이설에 속아 병든 어린이를 지도한 적이 있기 때문에, 그들의 실태를 누구보다도 잘 알고 있습니다.

어느 날, 어떤 어머니한테 전화가 왔는데, 4학년짜리 아들이 논술 강사에게 2년 동안이나 강의를 들었는데도, 글 한 줄 옳게 못 쓰니, 와서 좀 봐 달라는 것이었습니다. 그래서, 가 보았더니, '논술 7단계'라는 교재를 사용하고 있었는데, 그것은 글쓰기 이론을 하나도 모르는 사람들이 얼렁뚱땅 함부로 만든 교재였고,

글을 쓰게 하는 곳은 한군데도 없고, 몇 글자만 쓰면 되는 단답을 다는 것들뿐이었습니다. 그렇게 2학년부터 4학년까지 자그마치 2년 동안을, 원고지 쓰기를 한 차례도 해보지도 않고 시간만 낭비했으니, 문장력이 붙을 리가 없었던 것이지요. 그런데, 실감 나는 좋은 생활문 감상과 '정면돌파식' 전통 글쓰기 지도방법으로 지도를 해 나갔더니, 이내 자기 목소리가 담긴 글을 척척 써내기 시작했습니다. 그래서, 그 어린이를 잘못된 구렁텅이에서 무사히 구출해 낼 수가 있었습니다.

그런데, 앞에서 내가 '초등학생과는 별로 깊은 관계가 없는 논설문 지도'라는 말을 했는데, 그 말에 대한 해명을 이제 하겠습니다. 논설문 지도는, 좀 어려운 말로 하면, 원래 심리학적으로 상징적 추론象徵的 推論이나, 조합적 사고組合的 思考가 가능한 형식적 조작기形式的 操作期인, 12살 이후(초등학교 5·6학년)가 되어야만 가능하다고 합니다. 그래서, 초등학교 5·6학년 때는 논설문의 도입단계 지도를 하고, 중·고등학교에 가서 본격적인 논설문 지도를 하는 것이 올바른 논설문 지도단계입니다.

그러나, 일부 설익은 어설픈 논설문 강사들은, 초등학교 저학년 어린아이들에게 동화책을 읽어 주고는, 무작정 논설문을 쓰라고 하는가 하면, 고학년 어린이들에게 신문사설을 읽히고, 그것과 비슷한 논설문을 쓰라고 강요하는 일이 예사로 벌어지고 있어 큰일입니다. 이것은, 완전히 심리학 이론이나 글쓰기 이론을 하나도 모르는 사람들이 저지르고 있는, 엉터리 짓거리인 것입니다.

심리학적 발달단계도 성숙되어 있지 않고, 가장 첫걸음의 쉬운 문장력도 갖추어져 있지 않은 초등학교 저학년 어린이들에게까지 논설문을 쓰인다는 것은, 우리나라 속담의 '기지도 못하는데, 날으라고 한다.'는 말과 똑같은 이야기입니다. '난다는 것'은 달린다는 말인데, 기는 아이가 그렇게 나는 아이가 되려면, 먼저 일어나 앉게 되어야 하고, 그러다가 일어설 수 있어야 하고, 일어섰으면 그 다음 걸을 수 있어야 하고, 그런 다음 비로소 달릴 수 있게 되는 것이 아닙니까?

이렇게, 젖먹이 아이가 달릴 수 있는 '나는 단계'에까지 다다르려면, 네 단계의 발달단계를 거쳐야 하고, 또, 시간도 한 3년 정도의 세월이 걸려야 비로소 가능한 일인 것입니다. 그리고, 잘 달릴 수 있는 건전한 아이가 되려면, 그 거쳐야 할 단계를 차례차례 차근차근 한 단계도 빠뜨리지 않고, 착실하고 충실하게 나아가야만, 다음 단계로 발전할 수가 있는 법입니다. 이것이 인간의 심신발달의 순리적順理的인 발달과정입니다.

마찬가지로, 글쓰기나 논설문 지도에서도 그것을 순리적·합리적으로 지도하려면, 한 단계 한 단계 차근차근 순리적인 발달단계를 착실하게 밟아 올라가게 해야 하는 것입니다. 그런데, 논설문의 기본 첫걸음이 되는 문장력文章力은 하나도 기르지 않고, 바로 논설문 쓰기 단계로 들어가면, 곧 될 것 같으면서도 결코 잘 되질 않습니다. 그것은, 두말할 것도 없이, '문장력'이란 바탕다지기인 기초공사가 충분히 안 돼 있기 때문입니다. 다시 말하면, 순리적인 지도단계를 거치지 않고, 무리하게 결과만 바라보고 아이들에게 마구 밀어붙였기 때문입니다.

논설문의 지도단계를 비행기가 하늘로 떠오르는 단계에 빗대어 설명하면, 더욱 이해하기가 쉬울 것입니다. 즉, 비행기가 뜨려면, 뜨는 힘 곧 부력浮力을 얻기 위해 먼저 활주로를 힘차게 달려야 하고, 좀 더 세차게 달리면 가속도가 붙고, 가속도가 붙으면 부력이 생겨, 비행기의 몸체가 드디어 붕 하늘에 떠오르게 됩니다. 그 비행기가 활주로를 달리는 '도움닫기'의 단계가 바로 문장력을 기르는 생활문(일기·생활문·시·독후감) 쓰기 단계요, 하늘로 붕 떠오르는 단계가 바로 논설문 쓰기 단계인 것입니다. 다시 말하면, 비행기가 순조롭게 하늘로 날아오르려면, 활주로를 힘차게 달려 부력을 얻어야 하듯이, 논설문도 잘 쓰려면, 먼저 논설문을 자유자재로 쓸 수 있게 하는 문장력이란 바탕을 충분히 다져 놔야 한다는 말입니다.

앞의 글에서 말했듯이, 우리나라 우수한 학생들이 미국으로 유학 가서 에세이 때문에 힘들어 하는 것도, 비행기의 도움닫기 과정인 문장력이란 바탕다지기 작업을 전혀 안 했거나, 소홀히 했기 때문입니다. 다시 말하면, 한국에서 논설문 지도를 받긴 했겠지만, 논설문의 바탕이 되는, 일기·생활문·시·독후감 쓰기를 거침으로써 익히는 문장력 기르기 작업은 하나도 하지 않은 채, 초·중·고의 자그마치 12년 동안을, 논설문의 기계적인 기교

익히기와 달달 외우는 공부나 하며, 허송세월을 했기 때문에 그리 된 것입니다.

더욱이, 그 12년 동안의 글쓰기 공백기空白期 가운데서도 초등학교 6년이란 세월은, 글쓰기교육에서 아주 중요한 황금기입니다. 왜냐하면, 인간의 심신발달단계에는, 특정 시기에 언어능력·사고력·표현력 같은 특정 기능이 유별나게 많이 발달하는 '민감기敏感期'라는 것이 있는데, 초등학교 6년 동안이 바로 글쓰기의 민감기이기 때문입니다. 그런데, 우리나라에선 초등학교 6년 동안 원고지 한 장 옳게 써 보지도 않고 허송세월만 하고 있으니, 이런 엉터리 교육, 멍텅구리 교육이 이 세상 또 어디에 있겠습니까?

교육당국에선, 논설문 지도만 하면 교육의 모든 문제가 다 해결되는 것처럼, 거의 30년 동안 떠들어 왔지만, 결국 실패하고 말았습니다. 그것은, 문장력은 하나도 기르지 않고 논리력만 추구하는, 앞뒤가 뒤바뀐 잘못된 일을, 깊이 있는 글쓰기 이론의 연구도 없이 무작정 밀어붙이다 그리 된 것이고, 또 하나는, 논설문의 효용성을 과신하고 너무 무리하게 추진했기 때문에 그리 된 것입니다. 사실, 논설문은 글쓰기의 한 분야일 뿐이지, 절대로 논설문이 글쓰기의 모든 문제를 해결할 수는 없는 일입니다. 그리고, 논설문의 실용성을 보더라도, 논설문은 대학의 연구논문이나 신문사설 정도에나 이용될 뿐, 일상생활에선 별로 쓸 일이 없는 메마른 글인 것입니다. 그런데, 교육당국이 그런 것도 모르고, 논설문에 다걸기를 하며 떠들어 대기만 하다가, 결국 시간의 낭비만 하고 만 것입니다.

이웃 나라 일본에서는, 한때 대학입시에서 논설문을 씌어 봤으나, 변별력이 별로 없어서 논설문 지도가 시들해져 버렸고, 지금은 생활문과 독후감 쓰기 지도에 더 열을 올리고 있다고 합니다. 따라서, 그 나라에서는 '논설문'이라 하지도 않고, '의견문意見文'이라 부르고 있다고 합니다. 그래서, 나는 대학입시에 달달 외워서 쓰는 기계적이고 형식적인 논설문을 쓰이지 말고, 차라리 '내가 하고 싶은 일'이나 '오늘 아침' 같은 에세이 형식의 글을 쓰이는 것이, 문장력과 표현력과 사고력의 우열을 가리는 데 훨씬 더 효과가 있으리라고 생각합니다.

그리고, 또 한 가지 논설문교육이 실패한 이유는, 논설문의 바탕이 되는 생활문 지도가 너무 어렵고 힘들어, 문장력을 충분히 길러 내지 못했기 때문이기도 한 것입니다. 문장력을 올바르게 기르려면, 초등학교 1학년에 입학한 뒤 국어교육을 시작할 때 그림일기 지도부터 해서, 6년 동안에 일기·시·생활문·독후감·논설문 등을 꾸준히 지속적으로 지도해서, 어떤 형태의 글도 척척 쓸 수 있는 문장력을 길러 주어야 합니다. 어린이들을 이 정도까지 끌어올리려면, 스승들이 얼마나 많은 노력을 해야 하고, 연구를 해야 하겠습니까?

또, 일기·시·생활문·독후감·논설문 등의 제대로 된 지도이론도 어렵지만, 제목 정하기, 얼거리 짜기, 초벌쓰기, 선생님과 글이야기 나누기, 글고치기(퇴고), 원고지 쓰기 등의 쓰기 과정 하나하나가 다 까다롭고 복잡해, 교사의 지도시간과 노고가 이만저만 많이 드는 게 아닙니다. 그래서, 국어시간만으로는 모자라, 아침 자습시간이나 점심시간 또는 방과 후 시간 등을 이용하지 않으면 안 되는데, 그게 다 마음대로 되는 게 아닙니다.

거기다가, 일본에서처럼 같은 반을 3년 정도 연속해서 담임을 하면, 같은 아이들을 지도할 수가 있어 작품수준도 높일 수가 있을 텐데, 우리나라는 학년말만 되면 무작정 학급편성을 해 버리는 바람에, 도저히 깊이 있는 글쓰기 심화지도를 할 수가 없게 되어 있습니다.

그리고, 또 한 가지 중대한 문제는, 문제상황에 대하여 타당한 증거를 가지고 자기 주장을 논리적으로 펼치는 논설문만 쓰다 보니, 형식적이고 기계적인 논리적 사고에 머리가 굳어져 버려, 설명과 묘사와 비유를 생명으로 하는, 실감나는 생활문이나 에세이를 전혀 못 쓰게 된다는 사실입니다. 논설문 쓰기 훈련을 어지간히 받은 똑똑한 한국 유학생들조차, 미국에 가서 에세이를 잘 못 쓰는 이유도, 여기에 있는 것입니다. 에세이는 논리성과 문학성이 혼합된 글인데, 한국에서 오직 논리적인 메마른 문장 쓰기만 훈련받았지, 오감五感으로 보고 듣고 느낀 것을 설명하거나, 정서적으로 묘사·비유하는 훈련은 전혀 안 받아서 그런 것입니다.

아무튼, 이렇게 해서, 교육당국이 그렇게도 다걸기를 하며 외쳐 대던 논설문 지도는, 지도방법의 모순 때문에 완전히 실패하고 말았습니다. 그뿐이 아닙니다. 논설문 광풍에 밀려, 가까스로 버린 자식 취급을 받던 진짜 글쓰기마저 멸종상태에 빠져 버려 더욱 큰일입니다. 글쓰기나 논설문의 원리나 이론을 제대로 공부하지 않거나 아예 하나도 모르는 사람들이, 무작정 논설문 나팔만 불다가, 생활문도 논설문도 한 줄 옳게 못 쓰는 바보로 만들어 놨으니, 엉크러지고 어질러진 이 국난國難을 어떻게 다스려 나가야 할까요?

우리나라 글쓰기교육은, 지금 살아나느냐 죽느냐의 갈림길에 놓여 있습니다. 내가 주장하는 대로, 받아쓰기, 생활문쓰기, 시쓰기, 논설문쓰기, 편지쓰기 등의 시험을 전국적으로 빨리 실시해서, 실질적인 글쓰기 능력과 국어 학력을 파악한 뒤, 치료지도 방법을 시급히 강구해야 할 일입니다. 자기 느낌이나 생각을, 보고 느끼고 생각한 대로 솔직하게 말하고 글로 쓸 줄 모르는 청소년이 많아지면 많아질수록, 청소년 범죄는 더 퍼지고 더 무서운 학급붕괴·학교붕괴 현상이 일어날지도 모르기 때문입니다.

3. 한글도 하나 못 가르칠 바엔 차라리 초등학교 문을 닫아야 한다

나는 '한글 바르게 쓰기' 문제를 두고, 한평생 연구하고 고민하며 몸부림쳐 왔습니다. 교육현장에서 45년 일하다가, 퇴직한 뒤 16년, 도합 61년 동안을, 알기 쉽고 쓰기 쉬운 과학적인 우리 한글을, 어린이들이 왜 그리 바르게 쓰지 못하는 것일까 하고, 걱정하면서 말입니다.

그렇게 '한글 바르게 쓰기'에 관심을 가지게 된 것은, 내가 6살 때부터 할아버지한테 한문을 배울 때, 획수가 많은 한자 바르게 쓰기를 철두철미하게 훈련받은 영향 때문인지도 모르겠습니다.

그런데, 지금 큰 문제는, 과학문명이 발전해 컴퓨터도 나오고 했으니, 어린이들의 한글 바르게 쓰기 실력도 좀 더 나아지리라 기대했는데, 그와는 정반대로 우리말과 한글을 개똥으로 알고,

마구 아무렇게나 휘갈겨 버리는 경향이 점점 더 심해져 가고 있어 큰일입니다.

나는 초등학교 교사 시절, 6학년 애들부터 가르치기 시작했습니다. 그때도, 한글을 바르게 못 읽고 바르게 못 쓰는 아이들이 수두룩했습니다. 그러자 나는, 그건 5학년 때 선생님이 한글을 잘못 가르쳐서 그러리라 생각하고, 그 원인을 찾아내고자 5학년을 담임해 보았습니다.

그랬더니, 5학년에도 역시 한글 부진아不振兒가 수두룩했습니다. 그때도 또한, 4학년 때 선생님이 잘못 가르쳐서 그리 되었으려니 생각하고, 4학년을 가르쳐 봐도 마찬가지였고, 그 다음 3학년을 담임해 보아도 역시 마찬가지였습니다.

그렇게 규명해 내려가다 보니, 마침내 1학년 담임 선생님들이 입문기入門期 한글 지도를 바르고 과학적으로 지도하지 못해, 그렇게 줄줄이 '한글 부진아', '한글 문맹아文盲兒'가 발생하고 있다는 것을 알게 되었습니다.

그래서, 내가 1960년에 대구 어느 초등학교로 갔을 때, 한글 입문기 지도를 의욕을 가지고 연구하면서 실천해 보기 위해, 다루기 힘들어 그렇게도 모두 꺼려하던 1학년 담임을 일부러 맡아서, 드디어 1학년 어린이 98명을 맡게 되었습니다. 학급 인원수가 그렇게 많은 것은, 그때가 도시집중 현상이 한창일 때라 그랬습니다.

먼저, 책과 입만 가지고 하는 종전의 국어과 학습지도법부터 바꾸기로 했습니다. 곧, 흥미로운 시청각 교재를 충분히 준비를 해서, 눈으로 익히고, 입으로 발음하고, 손으로 써 보는, '눈·입·손眼口手' 삼위일체三位一體의 합리적이고 과학적인 방법으로, 한 번 야심차게 가르쳐 보겠다고 마음먹었기 때문입니다.

그리하여, 1학년 국어 책을 모조지에 붓으로 크게 써서 칠판에 걸어 놓고, 바르게 읽기와 내용 새기기와 바르게 쓰기의 삼위일체식 교육으로 철저히 지도해 나갔습니다. 그리고, 맞춤법이 어려운 낱말은 낱말카드를 만들어, 눈으로 익히고 짧은글짓기도 한 뒤, 받아쓰기도 하고 해서, 한 단원에 나온 새 낱말들을 100퍼센트 이 잡듯 깨우치는 '완전학습完全學習' 방식을 지향해 나갔습니다. 그랬더니, 1학년 1학기를 마치자, 한글 해득이 완전히 이루어져, 어린이들이 자꾸 글을 쓰고 싶어해서 놀랐습니다. 그리하여, 여름방학 동안에 여러 어린이들로부터 편지를 받았는데, 여간 기쁘지가 않았습니다.

그때, 한글 본문장(기본음절표)의 '가·나·다'를 가르칠 때도, 그냥 가르치는 게 아니고, 닿소리〔子音〕'ㄱ·ㄴ·ㄷ……'과 홀소리〔母音〕'ㅏ·ㅑ·ㅓ……'의 낱말카드를 따로 만들어, 자음과 모음의 낱글자를 같이 융판(소칠판에 융이란 천을 붙여, 낱말 카드가 붙도록 한 것)에 붙여서 지도함으로써, 합자合字의 원리와 발음의 원리를 합리적으로 정확히 이해할 수 있게 했습니다.

또, '꽃'과 같은 3층 구조의 낱말이 나오면, 초성(ㄲ)·중성(ㅗ)·종성(ㅊ)의 낱말카드를 따로 만들어, 결합하고 조립해서

지도함으로써, 표의화表意化된 낱말을 입체적·구조적으로 이해할 수 있도록 하는 시도도 해보았습니다.

그러나, 그 당시 문교부 방침은, 미국의 국어지도이론인 '어형상주의語形象主義' 이론에 따라, 절대로 낱말을 낱자로 분해해서 지도하지 말고, 한 덩어리 낱말의 형상을 그냥 눈으로 익히도록 하라는 것이었습니다. 그러나 그때 나는, 그 이론이 우리 한글의 창제創製원리나 합자원리에 맞지 않아, 끝내 반대하며 서울에서 내려온 편수관에게도 틀렸다고 항변했으며, 가르칠 때도 한글의 원리에 따라 내 가락대로 가르쳤습니다.

그리고, 그 '꽃'이라는 낱말을 분해해서 지도할 때도, 1학년이지만 '첫소리(초성)'·'가운뎃소리(중성)'·'끝소리(종성)' 등의 문법용어文法用語를 그대로 사용해서 설명했고, 또, 그렇게 일부러 발음을 시키기도 했습니다. 왜냐하면, 맞춤법 지도 자체가 바로 문법지도인데, 1학년 어린이들이 이해할 수 있는 것이라면, 1학년 때부터도 문법지도를 해야 한다는 소신을 나는 갖고 있었기 때문이었습니다. 그 뒤, 장학사 4년, 교감 14년(7개 교), 교장 12년(4개 교)의 도합 30년 동안에도, 역시 '한글 바르게 쓰기'의 연구와 싸움은 계속되었습니다.

1965년의 초여름 어느 날, 내가 경상북도 영덕군 교육청 장학사로 있을 때였습니다.

바닷가 6학급짜리 조그만 어느 학교에 장학지도를 나갔더니, 군사정권 시절이라, 교장 선생님이 브리핑 차트로 학교 브리핑도 일사천리로 멋있게 잘 하고, 학교 환경도 파리가 낙상할 정도로 말끔하게 꾸며져 있었습니다. 그렇게 잘해 놓은 걸 보니, 겉은 그렇게 잘 꾸며 놨는데, 아이들 실력은 과연 어떨까 하는 묘한 심리가 발동하기 시작했습니다.

그래서, 교장 선생님한테 3학년 1학기 국어책을 가져오라고 해서, 받아쓰기 10문제를 내 가지고, 3학년 교실에 들어가 내가 직접 받아쓰기를 해보았습니다.

부르는 낱말을 잘 못 들어 쓰지 못하는 아이들이 없도록 하고자, 낱말을 세 번 이상 되풀이해 불러 주었고, 그 뜻을 모를까 봐, 설명을 덧붙이기도 했습니다.

받아쓰기 문제는, '괭이', '밭갈이', '숯을 굽던 아버지', '맑은 시냇물', '틀림없이', '이야기를 듣고 나서', '왜군을 무찌르고', '굉장히', '파랑새', '머리를 쓰다듬으셨습니다'의 10문제였습니다. 그런데, 채점을 해보니, 0점짜리가 대부분이어서, 100점 만점에 평균이 오직 7점밖에 나오질 않았습니다. 나는 깜짝 놀라고 말았습니다. 예상은 어느 정도 하고 있었지만, 그렇게 형편없을 줄은 꿈에도 몰랐습니다.

교육청에 돌아와 교육장께 보고를 했더니, 놀라시며 군내 전체 학교 3학년을 모두 조사해 보라고 하여서, 학교를 다 돌아다니며 받아쓰기를 했습니다.

그렇게 하면서, 5학년도 함께 받아쓰기를 실시했습니다. 5학년 받아쓰기 문제는, '학급신문', '커다란 솥을 걸고', '강가에 매

놓은 나룻배', '몸이 편찮아서', '알 잘 낳는 흰 닭', '꽃밭을 이루고', '걸레로 교실을 닦았다', '빙그레 웃으셨다', '여러분 생각은 어떻습니까', '쪼그리고 앉아서'의 10문제였는데, 그 전체 통계 처리 결과는 다음과 같았습니다.

〈정답률과 오답률〉

학년	낱말	응시자수	정답자수	정답률	무답자수	무답률	오답자수	오답률	오무답자수	오무답률	오류유형수
3	괭이	1,888	301	15.9%	165	8.7%	1,422	75.4%	1,587	84.1%	359
	밭갈이	1,888	241	12.8%	268	14.2%	1,379	73.0%	1,647	87.2%	268
5	흰 닭	1,778	724	40.6%	379	21.3%	675	38.1%	1,054	59.4%	127
	걸고	1,778	1,115	62.7%	255	14.4%	408	22.9%	663	37.3%	58

군 자체의 통계 처리를 할 때, 정답률만 내는 게 아니고, 오류경향誤謬傾向을 연구하기 위해, 오류유형별로 그 빈도頻度를 조사해 보기도 했습니다.

그리하여, 그 통계를 바탕으로 해서, 오류경향별로, 왜 어린이들이 그런 경향으로 많이 틀리게 쓰는가를 분석해서, 그해 '한글 쓰기 오류경향 조사연구'란 논제로 장학사 논문집을 묶어 내기도 했습니다. 그것이 아마 한국 최초의 '한글 바르게 쓰기' 조사연구 논문이었을 것입니다.

앞의 통계를 보면, 3학년의 경우 맞춤법이 좀 어렵기는 하지만, '괭이'는 정답률이 15.9퍼센트, '밭갈이'는 12.8퍼센트밖에 되지 않아, 참으로 놀라지 않을 수가 없었습니다.

국어시간에 한 번 가르친 낱말이, 15.9퍼센트와 12.8퍼센트 정도밖에 정착定着이 안 되고 있으니, 어떻게 국어를 가르쳤다고 할 수 있겠습니까?

이렇게 된 것은 낱말을 가르칠 때, 문법적인 설명이나 낱말카드도 없이 희미하게 가르쳤을 뿐 아니라, 수업한 뒤 낱말의 정착 여부를 점검하기 위한 받아쓰기를 한 번도 하지 않고, 또, 치료지도도 하지 않고, 버려두어서 그런 것입니다.

이 통계를 보고, 교육자들은 참으로 반성을 많이 해야 할 것입니다. 이렇게 희미하게 가르쳐 놓고, 국록을 타먹을 수가 있겠습니까? 그리고, 전문직이란 권위를 어떻게 지킬 수가 있겠느냐 말입니다.

받아쓰기 이야기가 나왔으니까, 받아쓰기 예찬론을 덧붙여 보겠습니다. 이 받아쓰기는, 표준화검사나 학력고사처럼 시험지를 준비할 필요도 없이, 간편한 쪽지 시험지로 손쉽게 시험을 칠 수가 있어서 좋고, 그러면서도 거창한 시험지 이상으로 교육 효과를 거둘 수도 있어, 아주 편리하고 실속이 있는 방법입니다. 그래서, 나는 교감과 교장으로 있을 때, 가는 학교마다 가장 먼저 전교 교실을 직접 돌아다니며 받아쓰기를 해서, 대강의 학력

실태를 파악한 뒤 학교 운영계획을 세우곤 했습니다. 그리고, 그 뒤에도 달마다 한 번씩 받아쓰기를 해서, 국어학력 향상과 글쓰기 능력 향상에 보탬이 되도록 꾀하였습니다.

그런데, 그 받아쓰기 시험 덕을 톡톡히 본 곳은, 바로 나의 교육계 마지막 학교인, 경주군 현곡 초등학교였습니다. 정년퇴임 1년 반을 남겨 두고, 1991년 3월 1일자로 그 학교로 발령을 받았습니다. 유치원생까지 합해서 전교생이 약 200명 정도 되는 면소재지 학교였는데, 부임하자 아이들의 실력을 알아 보려고, 받아쓰기를 해 보았더니, 각 학급마다 0점투성이이고, 학급평균이 20점을 넘는 반이 별로 없었습니다. 그래서, 아주 실망을 했습니다. 그렇게 된 이유를 캐물어 보니, 학교 소유 토지의 소작료 처리문제를 둘러싸고 일어난 교장과 교감의 갈등 때문에, 학교경영이 마비되어 그리 되었다는 것이었습니다.

정년퇴임을 앞에 두고, 그런 문제투성이 학교를 맡게 되다니, 눈앞이 캄캄했습니다. 그러나, 그런 악조건에 굴하지 않고, 다달이 받아쓰기를 계속하면서, 매주 수요일마다 오후 2시부터 4·5·6학년 어린이 180명을 상대로, 글쓰기 특강을 하였습니다. 정년퇴임 기념으로, 학교문집 하나 만들어 놓고 떠나야겠다는 다짐 아래 말입니다. 그랬더니, 부임 3개월쯤 되자, 어린이들이 차츰 잠을 깨기 시작해, 국어실력이 날로 달라짐과 동시에, 자기 목소리가 담긴 실감나는 좋은 글쓰기 작품도 제법 많이 나오게 되었습니다. 그리하여, 드디어 부임 10개월 만인 1991년 12

월에, 학교문집 《한울님》을 당당하게 출간하게 되었습니다.

그 《한울님》에 실린 글쓰기 작품들은, 서울에 올라와서 만든 《서울 어린이》와, 그 전 학교들에서 만든 학교문집인, 《대왕바위 옆에서》·《구길 어린이》·《하령 어린이》·《마늘 심는 마을》·《서벽 어린이》 등에 실린 글쓰기 작품들과 함께, 1996년에 지식산업사에서 낸 어린이들 '본보기글' 모음인, 《호박 도둑놈》·《개나리 헬리콥터》·《엄마가 된 방울이》·《나도 민들레처럼》을 펴내는 데, 큰 뒷받침이 되어 주었습니다. 그래서, 나는 이만저만 기쁘지가 않았습니다.

1992년 8월 말에, 정년퇴임을 하고 서울로 올라올 때, 나는 큰 꿈에 부풀어 있었습니다. 서울 어린이들은 표준말을 쓰지, 학부모들의 교육수준도 높지, 그러니, 어린이들이 글도 잘 쓰고, 따라서 글쓰기 지도하는 데도 힘이 덜 들겠지 하고 말입니다.

왜냐하면, 경상도에서는 사투리가 심해, 어린이들이 문장을 쓸 때 많이 어려워하는 관계로, 글쓰기 지도에 여간 힘이 든 게 아니었기 때문입니다.

서울로 올라오자마자, 내가 사는 문래동 어린이들 상대로 글쓰기 강의가 시작되었고, 1992년 10월 말부터는, 노원 적십자회관에서 서울 어린이를 상대로 한 글쓰기 공부가 본격적으로 시작되었습니다. 그런데 막상 서울 어린이들을 지도해 보니, 내가 서울 어린이들에게 걸었던 그 기대는, 여지없이 산산조각이 나고 말았습니다.

더듬거리며 책 읽기와 맞춤법 아무렇게나 쓰기는, 시골과 마찬가지였고, 글쓰기 지도 받은 흔적을 전혀 찾아 볼 수 없는 것도, 마찬가지였습니다.

서울 어린이들이, 저학년·고학년을 가리지 않고 맞춤법이 습관적으로 많이 틀리는 낱말은 다음과 같습니다.

네(내) 옷, 내(네) 책, 그 에(애), 어재(제), 그레서(래), 갔이(같), 하지많(만), 아시었다(쉬웠), 않간다(안), 들어갔어(가서), 파라다(랗), 언래(원), 눈에 뛰었다(띄), 갔다(같), 대었다(되), 어떻게(떻), 돼었다(되), 올라가었다(갔), 새뱃돈(세), 열심이(히), 덮혀(여), 덮힌(인), 무덤(덤), 주저않아(앉), 무었(엇), 그런대(데), 살갛(갖), 그렀지만(렇), 언져 놓고(얹어), 쫒아가서(쫓아), 날지 않고(않), 하러 같다(갔), 같고 갔다(갖), 많나서(만), 애쁘다(예), 무뉘(늬), 하고 싶다(싶), 바꼈다(뀌었), 뭇는다(묻), 젔었다(젖), 뜨더서(뜯어), 엽집(옆), 잖득(잔뜩), 냄세(새), 덯(덫), 밝으면(밟), 좋아서(좋)

등, 예를 들자면 한이 없습니다. 이것은 한글 입문기 지도 때, 한글의 원리를 연구해서 '글자 모양'〔字形〕과 '소리값'〔音價〕에 대한 것을 따져서 정확하게 가르치지 않고, 그냥 상식적으로 대충대충 가르쳤기 때문에, 이런 부끄러운 현상이 나타나게 된 것입니다.

그리고, 내가 서울에서 글쓰기 지도할 때 겪은 가장 큰 고민은, 어린이들 대부분이 서울에서 나서 아파트에 갇혀 살며, 학교와 학원만 왔다갔다 하기 때문에, 농어촌체험·자연체험·사육재배체험·놀이체험·민속체험·사회체험 등이 전혀 없어, 책을 읽어도 낱말의 뜻을 잘 몰라 내용 이해가 잘 안 되고, 감동이나 경험이나 단어가 모자라서, 자연히 글쓰기 제목 고르기나 문장 표현을 할 때, 이만저만 어렵지가 않다는 사실이었습니다.

시골 어린이들은, 글쓰기 경험이 전혀 없는 '생다지'라도, 한 6개월 정도 하면 잠을 깨게 되었는데, 서울 어린이들은 글을 쓰라고 하면, 쓸 게 없다며 '날 잡아먹어라.' 하고 게으름만 피우기 때문에, 1년이 지나도, 글다운 글 한 편 제대로 써 내는 어린이가 별로 없었습니다.

내가 올라올 때만 해도 서울의 초등학교는 약 528개 교쯤 되었는데, 노원 적십자회관뿐만 아니라, 여러 초등학교와 도서관 등에 가서 글쓰기 강의를 하면 할수록, 서울 어린이들의 글쓰기 실력, 국어 실력이 너무도 없는 것이 드러나, 실망이 더욱 커져 갔습니다. 그 어디서도 한글의 기초지도나 글쓰기 지도의 흔적을 찾아 볼 수가 없을 정도였습니다. 그래서, 울화증이 쌓일 대로 쌓인 나는, 학부모 상대 강의를 할 때마다,

"한글도 하나 옳게 못 가르칠 바엔, 차라리 서울 모든 초등학교의 문을 닫아야 한다."

고, 마구 외쳐 대기 시작했습니다. 시골놈이 서울 올라와서 너무 큰소리친다고 스스로 나를 나무랄 때도 있었지만, 훤히 드러난 명백한 사실이라, 바른 소리를 하지 않을 수가 없었습니다.

다시 되풀이 하지만, 지금 이 나라는 큰일이 났습니다. 모국어母國語 교육을 학구적으로 따져서 권위 있게 철저히 지도해야 나라가 올바르게 서는 법인데, '영어 몰입교육' 운운하며, 수십억·수백억씩 투자를 하면서도, 한글 바르게 가르치기 교육에는, 누구 하나 나서는 사람이 없이 버려두고 있기 때문입니다.

그래서, 지금 한국 어린이들은, 국어책 하나 유창하게 못 읽고, 마치 외국인처럼 더듬거리며 읽는가 하면, 한글을 개똥으로 알고 아무렇게나 휘갈겨 놓고도, 조금도 부끄러움을 느끼지 않을 뿐더러, 제대로 된 생활문 한 편 옳게 못 쓰는 지경에 이르고 말았습니다.

이제는 다 털어놔야 합니다. 초등학교 국어교육의 잘못된 치부를 너무 오랫동안 쉬쉬하며 감추고 있었습니다. 밑동부터 썩어 문드러져 냄새가 날 지경인데, 감춘다고 감출 수가 있겠습니까? 이제는 그런 비밀을 감추려야 감출 수가 없습니다. 정보사회가 돼 버렸기 때문입니다.

앞에서 나왔다시피, 에세이 하나 제대로 못 써서 절절 매는 똑똑한 한국 유학생들의 가련한 모습 때문에, 한국교육의 허무함이 국제사회에 다 폭로되고 말았지 않습니까?

이 얼마나 부끄럽고 창피한 일입니까? 논설문, 논설문 하고

30년 가까이 떠들었는데, 왜 에세이 하나 제대로 못 쓰는 것일까요? 도대체 그 원인이 어디 있는 것일까요? 이 부끄러운 현실 앞에, 한국의 모든 교육자들은 엎드려 참회하며 통곡을 해야 합니다.

그 얼마나 실력이 없고 성의가 모자랐기에, 그 우수한 학생들을 이 모양 이 꼴로밖에 기를 수가 없었느냐는 것입니다. 교육자는 모름지기 실력이 있어야 합니다. 실력이 교육자의 생명인 것이고, 실력 없는 교육자는 마땅히 도태되어야 합니다. 실력이 없으면, 우수한 제자의 장래를 망치기 때문입니다.

참으로 한국의 교육자들은, 스스로 나아가고 물러서야 하는 진퇴의 준엄한 선택을 해야 할 갈림길에 서 있습니다. 도태를 당하지 않으려면, 오로지 공부하고 연구하고 실력을 길러서, 학생들과 학부모들로부터 절대적인 신뢰를 받도록 해야 할 것입니다.

4. 한국 최초로 글쓰기 시험을 친 인하대학교 박덕유 교수

2006년 2월 16일(금)의 일이었습니다. 새벽에 《동아일보》를 보니, 1면 오른쪽 상단에 박스 기사가 있었는데, '영어 배우느라 한글 잊었나'란 기사 제목을 보고 눈이 번쩍 떠졌습니다. 다시 자세히 보니, '초중고생 영어열풍에 국어교육 소홀…… 맞춤법 엉망'이란 부제목이 붙어 있어, 호기심에 얼른 기사를 다 읽어 보았습니다.

기사 내용인즉, 인하대학교 박덕유朴德裕 교수가 2005년 12월에, 서울·인천·충남 천안시의 6개 중학교에서, 2학년 학생 200여 명을 상대로, '장래 희망'을 주제로 글쓰기 시험을 보인 결과, 맞춤법을 하나도 틀리지 않은 학생은 2명뿐인 것을 보고, 고개를 흔들었다는 내용이었습니다.

그 중학생들이 주로 많이 틀린 단어는, 다음과 같이 실려 있었습니다.

① 어머니는 아프십니다.

② 지금까지 꿈은 수도 없이 밖였다.

③ 독도는 어면히 우리 땅인데, 일본을 그렇게 실어했는데

④ 친구라고 바주지는 않을 것이다.

⑤ 또 때부자가 되었다.

⑥ 일본이 실습니다.

⑦ 충격을 바드셨습니다.

⑧ 나는 약간 삼만합니다.

⑨ 나서는걸 좋아하지만 아페못나갑니다.

나는 이 기사를 읽고, 한편 반갑기도 하면서 깜짝 놀랐습니다. 왜 반가웠느냐면, 나도 한글 바르게 쓰기에 관심이 많아, 앞에서 말했듯이, 한국 최초로 〈한글 쓰기 오류경향 연구〉란 논문을 발표한 적이 있었는데, 30여 년 만에 나와 같은 생각을 가지고 연구하는 이를 발견했기 때문이었습니다. 그리고, 더 놀란 것은, 문법을 정식으로 배우고 있는 중학생들이, 쉬운 맞춤법을 너무나 많이 틀리게 쓰고 있었기 때문입니다. 나는 "초등학교가 엉망이라, 중학교도 역시 엉망이구나." 하고 중얼거리며 혀를 찼습니다.

그러면서, 나는 우리나라 학생들이 한글 맞춤법을 마구 틀리게 쓰는 원인에 대해 곰곰이 생각해 보았더니, 두 가지 원인이 떠올랐습니다. 하나는 '한글 천시賤視 결과'요, 다른 하나는 '컴퓨터 남용' 때문이라고 생각했습니다,

그러면, 왜 '한글 천시 현상'이 일어났느냐면, 미군이 너무도 오랫동안 주둔하고 있는 관계로 '미국 사대주의'에 병들어 있는 데다, 초등학교 3학년부터 영어를 배우게 되면서, 이른바 영어 몰입교육 운운하는 바람에, '영어 사대주의'에 빠져, 우리말과 한글을 개똥으로 아는 풍조가 깊숙이 퍼져 있기 때문입니다. 각 지방마다 수백억씩 투자를 해서 영어마을을 만드는가 하면, 학교에까지 영어 특별교실을 만드는 등 하면서, 영어공부만 잘하라고 외쳐 대니까, 어린이들이 거기 말려들어, 한글은 지렁이같이 아무렇게나 마구 휘갈기면서도, 영어는 자로 잰 듯이 반듯반듯하게 쓰고 있는 실정입니다. 참으로 비참한 현실이 아닐 수 없습니다. 이것이 바로 '언어식민지 현상'이 아니고 무엇이겠습니까?

또 하나의 원인은, '컴퓨터 남용 현상'인데, 컴퓨터나 손전화로 친구들과 E메일을 주고받을 때, 어원을 밝혀 누르기가 귀찮아, 소리 나는 대로 마구 누르다 보니, 그게 습관이 되어, 이제는 맞춤법 틀리게 쓰는 것이 오히려 정상처럼 돼 버린 것입니다. 여기서 더 큰 문제는 그렇게 틀리게 써 놓고도, 아무런 수치심을 느끼지 않는 현상입니다. 어떻게 가다가, 드디어 민족의

주체성이나 존엄성마저 잃어버리게 된 것일까요?

그것은 오로지 교육당국이 책임을 져야 할 일이라고 생각합니다. 입만 벙긋하면, 영어 몰입교육, 논설문교육만 외쳐 댔지, 언제 한 번이라도 무엇보다 먼저 우리 한글 바르게 쓰고, 국어 공부 열심히 하라고 타이르거나, 국어교육 진흥을 위해 제대로 연구 투자를 해봤느냐는 것입니다. 수백억씩 들여, 영어마을은 전국에 여러 개나 만들어 놓았는데도 말입니다. 참으로 기가 막힐 이야기 아닌가요?

그러면, 여기서 중학생들의 한글 쓰기 오류경향을 한 번 분석해 보도록 합시다. 틀린 원인을 생각해 보면, 대강 네 가지로 나눌 수가 있을 것 같습니다. 소리 나는 대로 적기, 맞춤법 무시 현상, 한자어의 발음 오류, 띄어쓰기 오류의 네 가지로 나누어 좀 더 따져보겠습니다.

첫째, 어원을 밝히지 아니하고 소리 나는 대로만 적은 것은, '아프심니다', '어면히', '바드셨습니다', '삼만합니다', '아페', '못나감니다'의 여섯 가지입니다. 먼저 '아프심니다'를 보면, '십'으로 써야 할 것을 소리 나는 대로 '심'으로 적어 버렸는데, 공손법의 선어말어미인 'ㅂ'에 대한 문법의식이 없어서, 틀린 것이 아닌가 하는 생각도 듭니다. '나감니다'도 마찬가지로 선어말어미 'ㅂ'에 대한 것을 몰라서 그렇게 적은 것입니다. 중학교 2학년이면, 높임법과 공손법에 대한 것도 알 수 있는 단계인데, 국어 교사가 낱말 지도를 할 때, 문법적인 지도를 소홀히 했기 때문에 그런 것입니다. 나머지 네 개도 다 어원을 밝혀 쓰지 않고, 소리 나는 대로만 거의 장난삼아 그냥 써 버린 것입니다. 말 뿌리, 곧 어원을 밝히려면 국어사전을 찾고 해야 하니까, 그것도 귀찮고, 또 생각하는 것조차도 귀찮아서, 그만 소리 나는 대로만 마구 처리해 버리는 그 '편의주의'가 문제입니다. 영상세대에 퍼져 있는 그 편의주의란 게으름병은, 학구심이나 우리말과 한글 존중심이나 진실추구심 같은 것들을, 마비시켜 버려서 큰일입니다.

둘째, 맞춤법을 무시하고 사투리 발음대로 써 버린 것은, '밖였다', '실어했는데', '바주지는', '때부자', '실습니다' 등의 다섯 가지입니다.

'밖였다'의 오류유형은 초등학생들과 똑같습니다. 아무도 맞춤법을 바르게 쓰라고 가르쳐 준 사람이 없었기 때문에, 초등학교 때부터 습관적으로 그렇게 써 왔을 것입니다. 그게 표준말인 줄 알고 말입니다.

중학생이 '바뀌다'라는 표준말 하나 바르게 똑똑히 모르다니, 참으로 한심스러운 일 아닙니까? '실어'·"바주지'·'때부자'·'실습니다' 등도 조금만 어원을 밝혀 바르게 쓰겠다는 마음이 있었다면, 이런 실수는 저지르지 않았을 것입니다,

셋째, 한자어의 발음 오류는 '어면히'와 '삼만' 두 가지인데, '엄연嚴然'과 '산만散漫'이 원말이니, '엄할 엄嚴'과 '헤어질 산散'의 어원을 밝혀서 적어야 할 것입니다. 낱말지도를 할 때 좀 더

파고들어, 한자까지 지도했다면, 이런 오류는 나타나지 않았을 것입니다.

넷째, 띄어쓰기가 틀린 곳이 네 곳이 있는데, '바주지는'과 '나서는걸'과 '아페못나감니다'입니다. '바주지는'은 '봐 주지는'으로, '나서는걸'은 '나서는 걸'로, '아페못나감니다'는 '앞에 못 나갑니다'로 바르게 띄어 써야 할 것입니다. 이것도 문법지도가 부족하고, 또, 받아쓰기 등으로 바르게 띄어쓰기 훈련을 하지 않아서 그런 것입니다.

그리고 또, 그 신문기사에는, 한글 바르게 쓰기에 대한 다른 이야기도 실려 있었습니다.

인천의 어느 중학교 이 모(38) 교사는 2004년 12월에, 영어 시험문제를 채점하면서 크게 당황했다는 것입니다. 왜냐하면, 'caterpillar(애벌레)'의 영어 철자와 낱말의 뜻을 쓰라고 했더니, 350명 가운데 70퍼센트 정도가 영어 철자는 맞게 썼지만, 한글로 쓰는 낱말의 뜻은, '에벌레' 또는 '에벌래' 등으로 거의 틀리게 썼더라는 것입니다. '애벌레'라는 말을 영어로는 맞게 쓰면서, 한글로는 바르게 못 쓰다니, 그런 중학생을 과연 한국인이라고 할 수가 있겠습니까?

이게 바로 '영어 사대주의' 현상이요, '언어식민지' 현상인 것입니다.

또, 2006년 2월 13일, 인천 H고교 문학시간에 한 교사가, '지문 속 등장인물이 회의적懷疑的'이라고 말하자, 학생들 대부분이 무슨 뜻인지 모르는 눈치더라는 것입니다.

국어 교사인 한성찬韓成贊 씨는, "요즘 학생 대부분이 책을 읽지 않고 국어에 별 관심이 없다 보니, 이런 일이 흔하다."고 말했다는 것입니다. 그리고, 그 기사에는, 대학교 사정도 크게 다르지 않다고 나와 있었습니다.

즉, 수도권 B대학 이 모(45) 교수는 강의 도중에 '군도群島'라는 말을 사용했는데, 3분의 2 정도가 뜻을 모르더라며, "학생들의 어휘력이 부족해, 수업을 제대로 진행하기가 어려울 정도"라고 푸념을 했다고 합니다.

국어학자들은 이런 현상을 두고, 1997년부터 초등학교 3학년 이상 학생들에게 영어를 가르치기 시작하면서, 국어교육이 상대적으로 소홀해졌기 때문이라고 지적했다고 합니다. 그리고, 전국 초등학교의 30퍼센트 가량이, 1·2학년 학생에게도 특기적성 시간을 통해, 영어를 가르치고 있다고 했습니다. 아울러, 재량학습 시간 과목을 한자에서 영어로 바꾸는 학교가 늘었다고 합니다. 또, 고등학교의 경우에는, 국어수업을 대학수능시험에 맞춰 독서와 작문 위주로 진행하면서, 문법교육이 소홀해졌다고도 합니다.

그러나, 이런 국내 현실과는 대조적으로, 한국어를 배우려는 외국인은 점점 더 늘어나고 있다고 합니다. 한국교육평가원에 따르면, 지난해 한국어능력시험에 응시한 외국인은, 25개국에 2만 6,569명으로, 2004년보다 51퍼센트나 늘었다고 합니다. 또,

시험을 실시하는 나라도, 16개국에서 대만·필리핀·싱가포르·아르헨티나·프랑스를 포함해, 지난해 25개국으로 늘었다고 합니다. 또, 중국인의 경우, 응시자가 2,728명에서 6,002명으로 2배 이상 늘었다고 했습니다.

서울대 민현식閔賢植(국어교육) 교수는, "한 나라의 국민이 갖춰야 할 가장 중요한 소양은 국어를 제대로 사용하는 것"이라며, "문학과 문법 등 국어지식을 보강하는 방향으로 국어교육 방향을 바꿔야 한다."라고 말했다고 합니다. 이상이 그 신문기사의 전체 내용이었습니다.

그 중학생 상대 글쓰기 시험에서, 평균해서 200자 원고지 몇 장 정도 썼고, 글의 내용이나 표현력과 문장력은 어떠했으며, 또, 글쓰기 시간을 얼마나 주었는지 등이 안 나와 있어 궁금한 것도 많았으나, 그래도 일단 경인 지방과 충청권 중학교 2학년 학생들의 한글 바르게 쓰기 실태를 일부라도 엿볼 수가 있어, 참으로 기뻤습니다. 그리고, 한 사람의 동지를 얻은 것 같아, 정말 반가웠습니다. 그래서, 전화를 걸어 박 교수와 통화는 했으나, 아직도 서로 만나서 더 많은 이야기를 나누지 못해 아쉽습니다.

아무튼, 이 나라의 청소년들은 국어실력이 없어 큰일이 났습니다. 그런데도, 교육당국은 진짜 국어실력은 캐 보려고 하지도 않고, 표준화 학력검사 결과에만 의존해 만족해 하고 있는 것 같아, 참으로 안타깝습니다.

수십 년 동안 시행해 온 4지선택의 학력검사 가지고는, 도저히 진짜 국어실력을 측정할 수가 없습니다. 왜냐하면, 4지선택 시험은 대충만 알고 있어도 정답을 맞힐 수가 있어, 진짜 국어실력은 도저히 알 수가 없기 때문입니다. 그리고, 그런 불완전한 국어실력은 아무 데도 쓸모가 없을 것입니다. 왜냐하면, 그런 희미한 국어실력 가지고서는 올바른 글을 써 낼 수도 없고, 또, 현장에서 필요한 실용문도 하나 제대로 작성해 낼 수가 없기 때문입니다.

100퍼센트 진짜 국어실력을 알려면, 받아쓰기나 글쓰기 시험 방법을 동원하는 게 가장 정확할 것입니다. 왜냐하면, 원고지에 글을 써어 보면, 그 어린이의 실력은 말할 것 없고, 그 어린이가 갖고 있는 모든 인간적인 면까지도, 속속들이 다 드러나고 말기 때문입니다.

그리고, 국어과에는, 문자력文字力·어휘력語彙力·문장력文章力·독해력讀解力 등, 약 20가지 정도의 기본 학력이 있어야 하는데, 그런 걸 다 측정하기는 참으로 쉽지 않은 일이지만, 글쓰기 시험으로는 그런 비밀스런 학력까지도 다 평가할 수가 있기 때문입니다.

그런데, 그렇게 손쉽고 좋은 국어실력 테스트 방법이 있는데도, 실력을 빨리 파악해서 진짜 국어실력을 빨리 기르려고는 하지 않고, 맨날 허망한 구호인 논술 타령만 하는 바람에, 한국의 국어교육과 글쓰기교육은 완전히 무너져 버리고 만 것입니다.

이제는 감추려야 감출 수가 없습니다. 한국의 모든 교육자들이 박덕유 교수의 용기를 본받아, 하루빨리 글쓰기 시험으로 어린이들의 진짜 국어실력을 파악한 뒤, 서둘러 국어교육의 일대 개혁대책을 강구해야 할 일입니다.

5. 한국에서는 우등생, 미국에서는 열등생 어느 노 아동문학가의 뼈저린 증언

《동아일보》 2011년 1월 4일자를 보니, 〈한글 디바이드 심각……, 서울 3개 초등학교 2학년 국어능력 평가해 보니〉라는 특집기사가 실려 있어, 반갑게 읽었습니다. 왜냐하면, 《중앙일보》(2008. 11. 28~12. 3)와 《조선일보》(2010. 11. 1~11. 3)에 이어, 드디어 《동아일보》까지 동참해서, 한글교육과 국어교육의 실태를 폭로하는 특집기사를 실었기 때문입니다. 그야말로, 한국을 대표하는 '조·중·동'의 큰 신문들이 한꺼번에 나서서 한국 국어교육의 맹점을 신랄하게 비판하고 나서니, 평소 한국 국어교육의 부재不在를 개탄해 오던 나에게는, 든든한 우군이 생긴 것 같았습니다.

그 특집기사는, 〈다시 공존을 향해 - 동참을 위한 《동아일보》의 제언〉이란 주제 아래 쓴 특집기사로서, 1부의 첫 번째 기사로 〈태초에 차별이 있었다〉라는 제목과 '86점 vs 75점 vs 69점'이라는 부제 아래 실려 있었는데, 기사의 핵심 내용은 다음과 같습니다. '새로 스물여덟 글자를 만들어 내놓으니……'라는 한글 창제의 취지를 밝힌 세종대왕의 '어지御旨'를 먼저 실은 다음,

> 세종의 뜻은 그렇게 모든 백성이 쉽게 한글을 익혀, 풍요로운 삶을 누리길 바랐는데도, 2011년 대한민국 초등학교 교실은 아직 세종의 어지가 그 뜻을 이루지 못했음을 보여 준다. 부모의 경제력과 자녀에 대한 교육투자능력의 차이가, 자녀의 한글능력 차이(한글 디바이드)를 심각한 수준으로 벌려 놓기 때문이다.

고 그 기사는 시작하고 있었습니다.

그리고, 그 '한글 디바이드' 실태를 파악하기 위해, 특별 취재팀은 지난해(2010) 12월 21일부터 23일까지, 서울시 교육청의 협조를 받아, 서울 시내 3개 초등학교 2·3학년생을 대상으로, '언어력 검사(학년별 10~12문항, 100점 만점)'를 실시했다고 나와 있었습니다.

부모의 사회적 지위와 경제력의 차이가 자녀의 한글능력에 미치는 영향을 가늠하기 위해, 서초구 A학교, 노원구 B학교, 금천구 C학교를 선정했는데, 그 세 학교는 각각 중대형 평형 아파

트 밀집지역, 소형 임대 아파트 밀집지역, 연립 다세대 밀집지역에 위치해 있다고 합니다.

그리고는, 그 언어력 검사 결과에 대한 해설 기사가 나와 있었는데, '공존의 장애물, 한글 디바이드'라는 소제목 아래 다음과 같이 씌어 있었습니다.

어느 정도 예상은 했지만, 검사 결과는 충격적이었다. 2학년의 평균 점수는 A학교 86.7점, B학교 75.6점, C학교 69.7점이었다. 3학년도 A학교 72.7점, B학교 58.4점, C학교 58.0점으로, A학교가 다른 두 학교보다 월등히 높았다. 어휘력, 독해력, 사고력, 표현력 등 평가 영역 전반에서 소득수준이 높고, 맞벌이 부모 비율이 낮은 지역에 사는 학생의 언어력이 높게 나타났다.

개별 답안지 분석에선, 한글 디바이드의 실체가 여실히 드러났다. C학교의 한 3학년생은 '동화책'으로 시작하는 끝말잇기의 문제의 답을, '구슬-지구-귀뚜라미'라고 적었다. 또, 다른 3학년생은 '부모에 대한 짧은 글을 쓰라'는 문제에 '지렁이'에 대한 글을 썼다. 문제 자체에 대한 독해력이 크게 떨어진다는 증거다. B학교의 한 2학년생은 그림을 일기로 재구성하는 문제에서, '그런데'는 '그런대'로, '빨리'는 '빠리'로, '그랬다'는 '그래다'라고 적은 답안을 제출했다. 받침에 대한 이해가 전무하다는 얘기다. 반면 H학교는 이처럼 읽기·쓰기 능력이 현저히 떨어지는 답안을 만나기가 쉽지 않았다.

"상급 학년 갈수록 격차 커질 것"

B, C학교는, A학교보다 학생들의 언어능력이 전반적으로 낮았을 뿐만 아니라, 한글 부진아동의 비율도 월등히 높았다. 총점을 100~71점(평균 이상 구간), 70~41점(평균 이하 1구간), 40~0점(평균 이하 2구간) 등 세 구간으로 나눠, 학생 분포 비율을 비교했더니, A학교는 평균 이하 2구간 비율이 1.4퍼센트에 불과한 반면, B학교는 12.3퍼센트, C학교는 11.3퍼센트로, 10배 가까이 높았다.

문항 출제와 결과분석을 맡은 한솔교육 김수연 선임연구원은 "초등학교 전학년의 한글능력은 사실상 부모가 대화나 독서, 놀이 등을 통해, 자녀를 한글 사용 환경에 얼마나 많이 노출하고 자극을 줬는지에 따라, 크게 좌우된다."라고 말했다.

문제는, 어휘력, 사고력, 독해력, 표현력 형성에 지대한 영향을 미치는 한글 디바이드가, 학년이 올라갈수록 누적돼, 학력 격차로 이어질 소지가 많다는 점. 한 현직 초등학교 교사는,

"교과 내용이 어려워지는 4학년이 될 때까지 한글 부진이 만회되지 않는 학생은, 경험상 다른 교과목 학습에서도 부진아가 될 가능성이 매우 높다."

라고 말했다. 중장기적으로 현재의 한글 디바이드가 고등학교나 대학 등, 상급학교 진학에 필요한 비판적 사고력이나 표현력의 격차로 이어질 수도 있다.

또, 기사는 '한글 교육 어려워져 취약계층 부담'이라는 소제목 아래 다음과 같이 이어졌습니다.

하지만, 현재 초등학교의 한글교육여건은 과거보다 취약계층 자녀들에게 불리해졌다는 지적이 많다. 취재 과정에서 만난 한 초등학교 교감은, "취학 전 한글을 깨친 아동 비율이 늘면서, 입학 후 간단한 한글 자모 읽기, 쓰기 연습이 끝나면, 바로 단어와 문장을 다룬다."고 말했다.

지금도 저소득층 가정 아동 비율이 높은 학교를 중심으로, '학교복지투자학교'로 지정받아, 방과 후 활동 형태로 독서지도나 한글 보충학습 프로그램을 운용하는 곳이 있다. 그러나, 한글지도에만 역량을 집중하는 학교도 드물고, 지원 대상에 들지 못한 학교는 이마저 운영하기 쉽지 않은 것이 우리의 현실이다. (우정렬 기자)

그리고, '이런 대안'이란 제목과 '이웃 형-언니가 가르친다'라는 중간제목 아래, 경기 광명시 철산4동, '동네 한바퀴 공부방'의 '다솜아띠' 대학생 자원봉사 동아리의 활동상과, 경기 의정부시 가능2동 '아동복지교사'로 근무하는 김부연 씨에 대한 한글교육에 대한 활동상이 소개되어 있었습니다.

또, '학교가 먼저 나서야'란 소제목 아래의 기사에는, 다음과 같은 내용이 적혀 있었습니다.

하지만, 최고의 대안은 역시 학교 울타리 안에서 충분한 한글교육을 받는 것이다. 이를 위해 초등학교 입학 후 한글교육 강화와 한글 부진아를 위한 보충학습이 필요하다는 지적이 있다. 한글 디바이드의 심각성을 인식한 일부 지역 교육청은 이미 대안 마련에 들어 있다.

이범 서울시 교육청 교육감 보좌관은, "취학 전 한글 선행학습을 하지 않아도 학교에서 충분히 한글교육을 받을 수 있도록 시교육청 차원에서 태스크포스(TF) 팀을 꾸려 정책을 개발하고 있다. 담당 학생의 한글 능력에 대한 담임교사의 책임을 강화하고, 한글능력이 부족해 학습이 부진한 학생을 가려낼 수 있는 검사와 진단도 강화할 계획이다." 라고 말했다.

동아일보 특집기사를 읽고, 국어교육 전문가로서 지적하고 싶은 점을 몇 가지 들자면 다음과 같습니다.

첫째, 난공불락의 철옹성처럼 문을 꽉 걸어 잠그고 오직 비밀주의로 일관해 온, 서울시 교육 한복판으로 과감히 뚫고 들어가, 생활정도에 따라 상·중·하의 초등학교를 하나씩 골라서, 2·3학년을 대상으로 '언어력 검사'를 실시해서, '한글 디바이드'의 생생한 현실을 포착해 냈다는 것은, 대단한 성과라고 생각합니다.

이런 일은 언론사가 아니면, 아무 데서도 할 수 없는 일입니다. 《조선일보》(2010. 11.1~11.3)에 이어 《동아일보》까지 서울시 교육의 심장부까지 쳐들어가, 한글교육과 국어교육의 부실한 실태를 낱낱이 밝혀서 경종을 울렸다는 것은, 대단한 일이라고 아니 할 수가 없을 것입니다.

다만, 초등학교 2·3학년 학생을 대상으로 실시한 '언어력 검사'의 검사도구가 밝혀지지가 않아, 타당성 여부를 잘 알 수 없는 게 못내 아쉬웠습니다.

그리고 결과분석을 해놓은 걸 보니, 한글교육 부진의 원인을 단도직입적으로 아동교육의 직접 책임자인 교사나 학교 쪽에 묻지 않고, 경제적·문화적 환경 쪽에서 찾으려고 한 것은, 초점을 벗어난 잘못된 분석이라고 생각합니다.

'한솔교육'이란 상업적 기관이 관여해 만든 검사도구와 그 타당성 여부가 의심되기도 했지만, 결과분석 또한 정곡을 찌르지 못하고 있어 못내 아쉬웠습니다.

둘째, '언어력 검사' 결과 분석에서, 지구별 학교 간 단순 비교나 학부모의 소득수준과 맞벌이 부모의 비율에만 한정하고, 교사의 국어학습 지도능력이나 한글 빨리 깨치기 방법 등에 대한 대안 제시나 분석 비판이 하나도 없어 실망을 했습니다.

학부모의 소득수준이나 맞벌이 비율이 어린이들 한글공부에 다소의 영향은 미치겠지만, A학교와 B·C학교의 점수차가 10배 정도나 났다는 것은 도저히 있을 수 없는 일입니다. 교과서도 똑같고, 배당된 국어시간도 똑같은데, B·C학교에서는 도대체 국어시간에 뭘 했길래 국어실력이 10배나 뒤떨어지게 만들어 놨을까요. 보통 국어과 한 단원에 5~10시간 이상의 시간이 배당되어 있는데, 그 많은 시간에 도대체 뭘 했길래 '그런데', '빨리', '그랬다' 하나 바르게 못 쓰고, '그런대', '빠리', '그래다'로 써 버리는 바보로 만들어 놨느냐 말입니다. 이것은 오로지 담임교사의 국어지도능력 부족과 성의 부족과 책임감 부족에서 말미암은 문제라고 생각합니다. 그러니, 반드시 담임교사의 책임추궁이 뒤따라야 하리라고 생각합니다.

셋째, '언어력 검사' 문항 출제와 결과 분석을 맡은 한솔교육 김수연 선임연구원은,

> "초등학교 저학년의 한글능력은 사실상 부모가 대화나 독서, 놀이 등을 통해, 자녀를 한글 사용 환경에 얼마나 많이 노출하고 자극을 줬는지에 따라 크게 좌우된다."

고 말했다 합니다.

그런데 이 말 역시 문항 출제와 결과분석을 맡은 사람의 발언이란 점에서, 초점을 잃은 발언이라고 생각합니다. 초등학교 저학년생의 국어교육을 맡아본 경험이 없는 사람의 발언이 아닌가 생각합니다. 한글 학력부진의 원인이 어디에 있는가를 이론적으로 명쾌하게 핵심을 찌르는 그런 분석을 내놔야지, 얼토당토않은 그런 희미한 결과분석을 내놔서는 안 될 일입니다.

초등학교 저학년생의 국어능력을 좌우하는 결정적 요인은, 학

부모의 대화 등 가정적 요인보다는, 오로지 초등학교 1학년 담임교사의 학구적學究的인 한글 입문기入門期 지도의 전문성과 철저함에 달려 있다고 생각합니다. 전문성이 있는 담임교사가 조금만 성의를 가지고 한글 지도를 해서, 완전학습完全學習을 지향해 철저하게 지도한다면, 한글 기초교육은 무난히 정착시킬 수가 있을 것입니다. 따라서 교사의 책임 쪽에 무게를 두고 따져야 할 일입니다.

또, 한 현직 초등학교 교사는,

"교과 내용이 어려워지는 4학년이 될 때까지 한글 부진이 만회되지 않는 학생은 경험상 다른 교과목 학습에서도 부진아가 될 가능성이 매우 높다."

라고 말했다고 합니다.

국어과는, 초등학교 10개 교과 가운데, 가장 중요한 '기초교과'인 데다, 모든 교과서가 한글로 되어 있기 때문에, 한글 부진아가 되면, 모든 교과에서 부진아가 될 가능성이 많은 것은, 너무나도 당연한 일입니다.

그런데 문제는, 그런 한글의 기초지도의 중요성을 알면서도, 왜 한글 입문기 지도를 소홀히 해 한글 부진아를 양산하고 있을까요. 그 실패 원인은, 한국말만 할 줄 알면 한글쯤이야 능히 지도할 수 있겠지 하고, 한글에 대한 별 연구 없이 상식만 가지고 덤볐기 때문일 것입니다. 상식만 가지고서는 절대로 안 됩니다. 한글 이론이 이만저만 복잡하고 어려운 게 아닌데, 상식만 가지고 덤볐다가는 큰코다칠 일입니다. 저의 생활문 이론서 《올바른 일기 지도 생활문 쓰기 이렇게》(온누리)에 '한글 빨리 깨치기 초특급 작전 6가지'를 제시해 놓았으니, 꼭 한 번 읽어봐 주시기 바랍니다.

그리고, 또 한 초등학교 교감은,

"취학 전 한글을 깨친 아동 비율이 늘면서 입학시 간단한 자모 읽기, 쓰기 연습이 끝나면, 바로 단어와 문장을 다룬다. 취학 전 한글을 못 깨친 학생은 부담이 클 수밖에 없다."

라고 말했다고 합니다.

그런데, 이 말 역시 호되게 비판받아 마땅한 발언이라고 생각합니다. 왜냐하면, 입문기 한글교육의 책임이 학교에 있는 것이지, 마치 초등학교 입학 전의 가정교육에 모든 책임이 있는 것처럼 책임전가를 하고 있기 때문입니다.

초등학교 입학 전에 한글을 깨치고 들어오면, 초등학교 공부에 유리한 것은 두말할 필요도 없습니다. 그러나 입학 전에 깨친 한글교육은 아주 부정확하고 비전문적인 지도의 결과여서,

학교에서 정확하고 전문적으로 한글교육을 꼭 다시 한 번 다루어 줘야 한다는 사실을 명심해야 합니다.

그런데, 학교 경영의 두 번째 책임자인 교감 선생님이 '취학 전 한글을 못 깨우친 학생은 부담이 클 수밖에 없다'라고 말했다는 것은 교육내용을 너무도 잘 모르고 있는 사실이어서 실망하지 않을 수 없습니다.

넷째, 그 특집기사 말미에,

> 지금도 저소득층 가정 아동 비율이 많은 학교를 중심으로, '교육복지투자학교'로 지정받아 방과 후 활동 형태로 독서지도나 한글 보충학습 프로그램을 운영하는 곳이 있다. 그러나, 한글지도에만 역량을 집중하는 학교도 드물고, 지원 대상에 들지 못한 학교는 이마저 운영하기 쉽지 않은 것이 우리의 현실이다.

라고 쓰고 있습니다.

이 말도 초등학교 교육내용을 잘 모르는 이의 말입니다. 한글교육은 특별지원을 받고 안 받고에 상관없이 의무적으로 올바르고 정확하고 철저히 이루어져야 합니다. 그것이 초등학교 담임교사의 책임이고 의무이기 때문입니다.

그런데 한글지도를 그 많은 국어시간에 지도하지 못하고, 방과 후 학습에까지 끌고 가서야 되겠습니까. 정규 국어시간에 학습자료 준비를 철저히 해서 한글 기초지도를 철저히 한다면 됩니다. 그런 방과 후 학습에서는 글쓰기 지도나 문집 만들기 등으로 발전해야 할 것입니다.

또 위의 기사 가운데 '교육복지투자학교'로 지정받으면 얼마의 지원금이 나오는 모양인데, 그 지원금이 나오면 방과 후 활동 형태로 독서지도나 한글 보충학습 프로그램을 운영하고, 지원금이 없으면 안 한다는 것도 또한 문제라고 생각합니다. 그런 피동적이고 소극적인 교육자들이 어떻게 창의성 있는 참된 인간교육을 추진해 나갈 수 있을지 걱정입니다.

다섯째, 초등학교에서 한글교육의 '대안'으로서, '이웃 형-언니가 가르친다'란 제목 아래, 대학생 자원봉사 동아리 '다솜아띠'와 '나무들을 위한 숲' 지역아동센터 '아동복지교사' 김부연 씨에 대한 활동상이 자세히 소개되어 있었습니다.

이 기사를 보고 현직에 있는 초등학교 교사들은 많이 반성해야겠다고 생각했습니다. 그런 비전문적인 대학생이나 '아동복지교사'들도 연구를 많이 해서 학생들에게 환영을 받고 있다고 하는데, 그들보다 여건이 훨씬 좋은 교육자들의 무성의로 말미암아 한글 부진아를 양산시켜 그들에게까지 노고를 끼치고 있다는 점을 크게 반성해야 될 것입니다.

여섯째, 이범 서울시 교육청 교육감 보좌관이,

"취학 전 한글 선행학습을 하지 않아도 학교에서 충분히 한글교육을 받을 수 있도록 시교육청 차원에서 태스크포스(TF) 팀을 꾸려 정책을 개발하고 있다. 담당 학생의 한글능력에 대한 담임교사의 책임을 강화하고, 능력이 부족해 학습이 부진한 학생을 가려낼 수 있는 검사와 진단도 강화할 계획이다."

라고 밝혔다 합니다.

이 대목을 읽고도 절로 코웃음이 나왔습니다. 교육행정가들은 걸핏하면, 태스크포스(TF) 팀 문제를 끌고 오기 때문입니다. 해방 후 국어교육을 시작한 지가 벌써 75년이나 됐는데, 이제야 한글 선행학습을 위해 태스크포스 팀을 꾸려 정책을 개발하고 있다고 하니, 아무래도 사리에 안 맞는 이야기 같아 믿음이 가지 않습니다. 구호가 야단스러운 교육정책치고 올바른 성과를 거둔 것을 보지 못했기 때문입니다.

그 대표적인 실패 사례가 바로 '논술 교육'인데, 30년 가까이 목이 쉬도록 외쳐 대다가 마침내 보기 좋게 실패하고 말았기 때문입니다.

6. 《조선일보》 특집기사 – '글과 담 쌓은 세대'

나는 올해(2010) 봄부터, '한국에선 우등생, 미국 가면 열등생, 왜 그럴까?'란 주제 아래, 우리나라 초·중학생들의 형편없는 국어실력을 폭로·비판하는 교육평론집을 만들고 있습니다. 그런데, 2010년 11월 초에, 《조선일보》에 '글과 담 쌓은 세대'란 특집기사가 나 있어, 나는 통쾌하면서도 아주 반가웠습니다.

왜냐하면, 내 주장을 뒷받침해 줄 중요한 증거가 하나 생겼기 때문이었습니다.

그 특집기사는 2010년 11월 1일에서 11월 3일까지, '상·중·하'의 3회에 걸쳐 실려 있었습니다. '상'에는, 지난 10월 중순에, 서울 지역 5개 초등학교 4학년 학생 107명에게 신문기사를 지문地文으로 주고, 독해讀解·작문作文 문제를 낸 뒤 답을 쓰도록 하는 방식으로, 읽기·쓰기 능력을 평가해 보았다는 이야기와 그 결과에 대한 분석이 나와 있었습니다. 그리고, '중'에는, 초·중학생들 사이에 널리 퍼지고 있는, '인터넷 은어'에 대한 것이 나와 있었으며, '하'에는, 이 특집기사의 대안으로서, 핀란드의 독서교육과 신문·잡지 활용에 대한 이야기가 실려 있었습니다.

그래서, '상·중·하'로 나누어, 그 특집기사의 내용을 소개한 뒤, 그 원인을 분석한 나의 소견도 곁들여 보도록 하겠습니다.

2010년 11월 1일자 《조선일보》에는, 〈글과 담 쌓은 세대〉 '글자는 겨우 읽지만, 문장은 이해 못한다'와, '초등생 3명 중 2명, 금방 읽고도 내용 요약 못해(4학년 107명 평가)'란 부제 아래, 다음과 같은 내용의 기사가 실려 있었습니다.

〈상〉

인터넷과 TV, 게임과 휴대전화에 익숙해진 '활자이탈活字離脫 세대'의 학습·의사소통 능력에 비상이 걸렸다. 어린이와 청소년들이 글과 책에서 멀어지면서, 자기 생각을 전달하는 작문作文은 물론, 남이 쓴 글을 읽고 이해하는 독해능력讀解能力이 급속히 떨어지고, 창의력과 사고능력, 정서에도 악영향이 나타나고 있는 것이다.

교육현장의 교사들은, "수업 시간에, 교과서 소리 내 읽기를 좀처럼 시키지 않는다."고 한다. 읽기를 시키면, 워낙 많은 학생들이 제대로 읽지 못하고 더듬거려, 수업을 진행하기가 어렵다는 것이다.

라는 도입기사가 있은 뒤, 다음과 같이 본론으로 이어지고 있습니다.

교사들 말이 사실일까? 본지가 지난 10월 중순, 서울지역 5개 초등학교 4학년 학생 107명에게 신문기사를 지문地文으로 주고, 이와 관련된 독해·작문 문제를 낸 뒤, 답을 쓰도록 하는 방식으로 읽기·쓰기를 평가해 보았다.

결과는 충격적이었다. 절반에 가까운 학생이 주어진 지문의 내용을 이해하지 못했고, 문법에 맞는 문장조차 제대로 쓰지 못했다. 주어主語와 술어述語의 호응이 전혀 되지 않는 문장들도 허다했고, 옳고 그름을 판단하는 비판적 사고력도 부족했다.

그리고 '읽기도 쓰기도 서툰 아이들'이란 소제목 밑에, 다음과 같이 평가요령과 결과에 대한 설명이 나와 있습니다.

평가는, 초등학교 4학년 수준에 맞는, '700년 만에 핀 연꽃'과 '죽음과 맞바꾼 50대 남성의 마지막 우정' 등, 신문기사 2개를 지문으로 제시한 뒤, △기사를 간단히 요약하고, △내용을 이해해 질문에 답하고, △기사에 등장하는 주인공의 입장이 되어, 짤막한 글을 작성하도록 하는 방식으로 이뤄졌다.

본지 의뢰에 따라 평가를 총괄 진행한 서울 금성 초등학교 소진권 교사는, 이 결과를 이해력·창의력·사고력 등 8개 항목으로 나눠, 상·중상·보통·중하·하 등 5개 단계로 채점했다. 보통 이하는 초등 4학년에게 요구되는 학습수준에 미달한다는 뜻이다.

채점 결과, 시험을 치른 107명 중 52명(48.6퍼센트)이 지문 내용을 제대로 이해하지 못했다. 4학년에게 요구되는 지문 이해력을 보여 준 학생은 55명(51.4퍼센트)에 불과했다.

문장을 제대로 쓰지 못한 학생은 58명(54.2퍼센트), 문단 나누기 능력이 없는 학생이 94명(87.9퍼센트)에 달했다.

'함안군은 9개의 꽃대 가운데 2게('개'를 잘못 쓴 것) 꽃대에서 6~7개 일 각 한송이씩 피고, 요새 홍련과 달리 꽃잎 수가 적고, 길이가 길다.'라는 등, 주어·술어의 호응이 전혀 안 되는 문장을 써 놓은 경우도 많았다. 또, '김씨가 열시하힘을써다,그래도이씨는껴안은채로숨을검더다.김씨를 찾아도 지하어 있다 것바'라든지, '친구가 놈에 빠지려하자 친구를 도와서 온 힘을 다해 끌어올리고서 죽었다'라는 등, 문장원칙이나 맞춤법에 맞지 않는 답도 적지 않았다.

'씨앗의 입장이 돼 글을 써 보라.'라는 문제에는, 자신의 생각만을 늘어놓은 학생이 많았고, 비판적 사고력을 보여 준 학생은 52명(48.6퍼센트)에 그쳤다. 소진권 교사는, "많은 학생들이 이해력이 부족해 내용을 요약하지 못하고, 그대로 옮겨 놓거나, 핵심 내용이 아닌 부수적인 내용을 써 놓았다."라고 말했다.

이렇게 쓴 뒤, "중학생도 '더듬더듬 책읽기'"란 소제목 아래, 중학생의 실태에 대한 기사도 실려 있었습니다.

한국교총이 본지 의뢰로, 지난 10월 8~10일 전국 초·중·고 443명을 대상으로 설문조사를 한 결과, 66.6퍼센트의 교사가, '과거에 비해, 글을 읽고 이해하는 학생들의 능력이 떨어졌다.'고 응답했다. '학생들의 독서량과 독서의 질이 떨어졌다.'는 응답은 59.8퍼센트, '글짓기, 문장이해력, 언어구사력이 신체·정신 발달보다 낮다.'는 응답은 76.5퍼센트였다.

전문가 연구에 따르면, 독해력이 떨어지면, 국어뿐 아니라, 사회·영어·과학·수학의 학업성취도에도 영향을 미친다. 글읽기에 소홀하면, 어느 과목에서든 좋은 성적을 거두기 어렵다는 뜻이다. 가톨릭대에서 석사학위를 받은 유선자 씨의 논문 〈중학생의 독서능력과 학업성취도의 관계 분석〉은, 학업성취도에서 독해력이 차지하는 비중이, 국어 33.3퍼센트, 사회 29.8퍼센트, 영어 28.9퍼센트, 과학 27.7퍼센트, 수학 22.6퍼센트라고 분석했다.

학생들이 책 읽는 것을 부담스러워 하는 현상은, 초등학생뿐 아니다. 중학생에서도, 책을 소리 내 읽는 시간에는, 이런 현상이 뚜렷하다.

서울 강북 C 중학교 정 모(15) 군은, "선생님이 책읽기를 시키면,

더듬더듬 읽는 친구들이 절반쯤 되고, 한 줄 건너뛰고 엉뚱한 부분을 읽거나, 읽었던 문장을 반복하는 친구들도 꽤 있다."고 말했다. 같은 학교 이 모(15) 군도, "아예 엉뚱하게 말을 지어내며 읽기도 하는데, 그렇게 읽어 놓고도 내가 어떻게 읽었는지 모른다. 우리 반 열 명 중에 세 명꼴로, 이런 수준인 것 같다."고 했다.

학생들이 소리 내 읽는 데 어려움을 겪자, 수업시간에 교과서 읽기를 시키지 않는 경우도 늘었다. 읽기를 시키면 시간도 오래 걸리고, 엉뚱하게 읽는 학생들 때문에, 수업 분위기가 흐트러지기 때문이다.

서울 S 초등학교의 한 사서교사는, "학생들에게 책을 읽히기 위해, 도서관에서 진행하는 책읽기 수업을 마련했지만, 책장을 기어 올라가거나, 바닥에 뒹구는 등, 책 읽는 것을 두려워하는 아이들이 여전히 있다."고 말했다.

서울 신학 초등학교 조재윤 교사는, 매일 아침 20분간 독서시간을 마련해, 읽기에 애를 먹는 학생들을 찾아내 특별지도를 한다. 그런데, 책 읽는 게 힘들어, 수십 번씩 자리에서 일어나, 교실 안을 왔다갔다하는 학생들이 적지 않다. 조 교사는, "그런 행동을 며칠 동안 반복하는 학생은, 대개 읽기에 심각한 문제가 있는 경우."라고 말했다.

이렇게 끝을 맺고는, 또, "전문가들, '활자 멀리 하면 충동적인 행동 하게 돼'"라는 중간 제목 아래, 다음과 같이 쓰고 있습니다.

소아 정신과 전문의들은, "어린이가 읽기를 게을리 하면, 뇌 발달이 지체될 뿐 아니라, 충동적이고 우발적인 행동을 자주 하게 된다."고 말했다.

특히 TV·게임 등 영상映像에 과도하게 몰입할 경우, 정상적인 사고思考 훈련을 방해한다고 전문가들은 지적한다.

인제대 서울 백병원 우종민 신경정신과 교수는, "독서를 하는 동안, 우리는 일반적인 생각보다 한 단계 높은, 고차원적 사고인 '메타인지認知'를 하기 때문에, 사고력이 발달하게 된다. 아이들이 게임처럼 강한 자극에 압도되면, '메타인지'를 할 여유가 사라지고, 우발적 행동을 하게 된다."고 밝혔다.

우 교수는, "예컨대, 남을 이유 없이 폭행하면서도, '내 행동이 왜 잘못됐는지,' '남을 때리면 어떤 결과가 나타날지,' 생각하지 못하는 아이들이 많은데, 이들은 자극적 게임에 익숙해져, 정상적인 사고훈련을 못했기 때문."이라고 말했다.

나덕렬 삼성 서울병원 신경과 교수는, "우리 주변에는 게임, 문자 메시지, 인터넷 등 자극이 너무나도 많은데, 이런 자극에 둘러싸여 살다 보면 전두엽(前頭葉: 기억력과 사고력 등 고등행동을 관장하는 뇌의 앞부분)이 약해지게 된다."고 말했다.

소아 정신과 교수들은, "책을 읽는 동안, 연상·기억·추론·이해 작용 등, 뇌의 다양한 기능들이 활성화된다."고 밝혔다.

자연스럽게 책을 읽는 동안에도, 독서가 복잡한 뇌 활동을 통해, 사고와 행동을 이끌어 낸다는 것이다.

강북 삼성병원 김은지 소아청소년 정신과 전문의는, "미국은 우울증 치료법 중 하나로 독서를 추천할 정도로, 독서가 우울증을 극복하는 데 효과가 있다는 것은, 연구 결과 밝혀져 있다."고 말했다.

그 다음, 위의 글에서 나온, '메타인지metacognition'에 대한 설명을 다음과 같이 해놓고 있습니다.

자신의 생각에 대해 비판적 사고를 하고, 한 차원 높게 자신을 객관적으로 바라보는 능력, '한 단계 고차원'을 의미하는 메타meta와 어떤 사실을 안다는 뜻의 인지recognition를 합친 용어.

라고 말입니다.

그리고, 〈글과 담 쌓은 세대〉 '심리·교육 전문가들, 글 안 읽으면, 언어능력 후퇴해 언어파괴로 이어져'란 중간 제목 아래, 다음과 같이 이야기하고 있습니다.

심리·교육 전문가들은, "글읽기가 부족하면, 언어표현력 미숙과 언어파괴현상으로 이어질 수 있다."는 데 한 목소리를 냈다.

한국 외국어대 채희락 교수(언어인지과학과)는, "글을 많이 읽는 사람은, 뇌의 언어기능을 관장하는 부분이 계속 자극을 받아, 언어능력이 발달하고 그 결과 언어표현력이 향상된다. 반대로 책을 읽지 않으면, 언어능력이 후퇴해, 자기 생각을 말이나 글로 표현하는 데 어려움을 겪는다."고 말했다.

서울대 심리학과 곽금주 교수는, "언어와 사고는 밀접하게 연결돼 있다. '인간은 언어로 표현할 수 있는 과거만 기억할 수 있다.'는 연구가 있을 만큼, 언어는 기억력과 논리력·상상력 등 사고과정 전반에 큰 영향을 미친다."고 했다. 곽 교수는, "활자 매체는, 독자로 하여금 많이 상상하고 사고하게끔 하는데, 영상은 그런 과정을 제한하기 때문에, 활자매체를 충분히 접하지 않는 아이는, 사고 발달이 더뎌지고, 언어 파괴로까지 연결된다."고 말했다.

고려대 교육학과 권대봉 교수는, "책을 읽을 때는, 독자가 내용을 소화하기 위해, 스스로 생각해야 하고, 그 과정에서 논리·분석의 힘을 키울 수 있는데, 영상은, 보는 사람들이 소화할 시간 없이 정보를 바로 던져 준다. 때문에 영상만 접한 세대는, 제대로 사고하는 훈련을 못하게 되고, 생각을 말로 표현하는 데도 어려움을 겪는다."고 말했다.

이상이, 〈글과 담 쌓은 세대〉라는 특집기사 '상'의 전체 내용입니다. '상'의 특집기사를 보고 나서, 내가 느낀 점은 다음과 같습니다.

첫째, 이 특집기사의 도입부분의 기사 가운데, "수업시간에 교과서 소리 내 읽기를 시키지 않는다. 읽기를 시키면, 워낙 많은 학생들이 제대로 읽지 못하고 더듬거려, 수업을 진행하기가 어렵다."고 하는, 교육현장 교사들의 증언이 나와 있습니다.

어린이들이 국어책을 소리 내 읽지를 잘 못해, 국어책 소리 내 읽기를 안 한다는 것은, 국어교육의 포기요, 학교교육의 붕괴입니다. 국어교육의 포기는, 모든 교과교육의 포기요, 한국교육의 포기와 붕괴를 의미합니다. 국어교육의 붕괴는, 어린이의 붕괴와 교사의 붕괴를 뜻하기도 합니다. 따라서, 국어교육이 붕괴되면, 어린이의 존재도 교사의 존재도, 이 나라에선 아무 소용이 없게 돼 버리고 맙니다.

이 얼마나 비참하고 몸서리쳐지는 무서운 사실입니까? 국어교육은, 읽기에서 시작해서, 읽기로 끝난다고 할 정도로, 국어책 소리 내 읽기인 '낭독朗讀'은, 국어수업에서의 필수요건이요, 기초 중의 기초입니다.

그런데, 그런 중요한 국어교육의 기본요건인 국어책 읽기를 초·중학교 학생들이 잘 못한다는 것은, 국어를 국어답게 잘못 가르쳐서 그런 것입니다. 학생들을 이 지경으로 만든 것은, 전적으로 교사 쪽에 책임이 있는 것입니다. 세계적으로 한국의 학생들만큼 두뇌가 우수한 학생이 없다고 소문이 나 있는 판인데, 국어책 하나 옳게 못 읽게 만들어 놨다는 것은, 교사들의 능력부족·연구부족·자질부족으로밖에 딴 요인을 찾을 수가 없는 것입니다.

국어시간에 낭독을 시킬 때는, 교사가 반드시 먼저 낭랑한 목소리로 읽어서, 모범을 보인 다음에 시작해야 하고, 학급 전원에게 읽혀서, 책을 못 읽는 학생이 없도록 보충지도까지 해야 합니다. 그런데, 치밀하고도 철저한 학습과정을 안 지키니, 글읽기도 하나 못하는 그런 현상이 나타나게 됩니다.

국어과 단원별 배당시간을 보면, 단원마다 거의 5시간에서 10시간 이상의 시간이 배당되어 있습니다. 그런데, 그 많은 국어시간에 뭘 했길래, 국어책조차도 못 읽는 바보로 만들어 놨느냐는 것입니다. 학습지도의 원리는, 시간마다 하는 수업이 반드시 성공해야 하는 법입니다. 그렇게 하는 수업마다 성공을 해야만, 비로소 학생들의 행동이 바뀌게 되는 것이지요. 그런데, 국어책 하나 옳게 못 읽는 학생이 수두룩하다는 것은, 지금까지 하는 국어수업마다 실패를 거듭했다고밖에 말할 수가 없을 것입니다.

그렇게, 하는 국어수업마다 실패를 거듭했다는 것은, 교사 자체가 국어과 학습지도법을 잘 몰라서이고, 한글의 기본원리와 국어문법을 잘 몰라서 그런 것입니다. 또, 그런 국어과 수업 하나 제대로 진행할 수 없는, 실력 없는 교사로 만들어 놨다는 것은, 교대 또는 사범대 교육의 잘못이고, 또, 교육당국이나 학교현장의 교원 연수 부실의 책임입니다.

학생들이 국어책을 잘 못 읽는다는 것은, 한글의 기본원리나 한글의 ABC인 '한글 기본음절표(한글 본문장)'나, 낱말의 맞춤법에 맞게 바르게 읽기 등의 기초적인 지도가, 정확하고 확실하게 이루어지지 않아서 그렇습니다. 그리고, 목표를 달성할 때까지 되풀이 연습을 해서, 올바로 되도록 철저한 지도를 해야 하는데, 반복연습의 학습원리를 못 지켜서 그리 된 것입니다.

그리고, 또 한 가지 문제점은, '영어 몰입교육' 때문에 그리 된 것입니다. 유치원 때부터 오직 영어교육만 떠들어 대니, 한국어나 한글은 개똥으로 알고, 책을 읽지도 않고, 바르게 쓰려고도 하지 않기 때문에, 그렇게 반벙어리가 돼 버린 것입니다. 말하자면, 한국 교육계에는 영어교육과 논설문교육만 있고, 한글교육·한국어교육은 눈 씻고 봐도 찾을 수 없는 영어 사대주의·미국 사대주의 세상이 되고 만 것입니다. 참으로, 한민족이 존폐의 갈림길에 선 중대사건이 아닐 수 없습니다.

해결책은 단 한 가지밖에 없습니다. 국어책을 소리 내 읽기나, 받아쓰기나 글쓰기 시험으로, 전교생의 실질적인 국어학력의 실태를 정확히 파악한 뒤, 한글과 국문법에 대한 연구를 깊이 해서, 국어수업을 권위 있게 하도록, 각오를 단단히 해야 할 것입니다.

둘째, 이 나라의 국어교육의 부실不實이나 부재不在 현상은 어제오늘의 일이 아닙니다. 1945년에 일제에게서 해방이 되어 65년 동안 켜켜이 누적되어 온 고질병인 것입니다. 나는 1947년에 광주사범학교를 졸업하고, 그때부터 64년 동안 국어교육과 글쓰기 운동을 해 온 사람이라, 그 누구보다도 한국 국어교육의 맹점과 허상虛像을 잘 알고 있습니다.

그동안 나를 가장 괴롭혀 온 문제가, 한글을 모르는 어린이가 수두룩해, 국어책을 옳게 못 읽을 뿐 아니라, 글 한 줄 제대로 못 쓰는 어린이가 대부분이라는 사실이었습니다. 그래서, 교감·교장 자리에 있을 때는, 전교생의 학력을 파악하기가 쉬웠기 때문에, 받아쓰기와 글쓰기 및 일기장 검사 등을 통해서, 국어학력과 글쓰기 실력의 문제점을 철저히 분석해 냈습니다. 그리고는, 매월 1회씩 전교생을 상대로 받아쓰기를 실시함과 동시에, 매주 1회씩 전교생을 상대로 글쓰기 지도를 내가 직접 진행해 나감으로써, 국어교육의 위기를 극복해 나갔습니다.

그리고, 1965년에 경북 영덕군 교육청 장학사로 있을 때는, 전 군의 3학년 어린이(1,888명)와 5학년 어린이(1,778명)를 상대로 받아쓰기를 실시하고, 통계처리와 원인분석을 한 뒤, 〈한글 바르게 쓰기 오류경향 조사연구〉란 논문을 써서 발표하기도 했습니다. 이것은, 아마도 그 당시부터 가장 골칫거리였던 '한글 바르게 쓰기'에 대한, 한국 최초의 문제 제기요, 연구논문이었을 것입니다.

그 이후에도, 나는 46년 동안 글쓰기 운동을 실천해 오면서, 여러 지면과 강의를 통해서, 한글교육의 불철저와 독해지도 및 글쓰기교육의 한계를 지적하면서, 시급한 시정을 요청해 왔지만, 구석진 곳에서 한 외로운 외침이라, 소리 없는 메아리가 되고 말았습니다.

그런데, 이번에 조선일보사에서, 어린이들이 국어책도 옳게 못 읽는다는, 교육현장 교사들의 목소리를 듣고, 교사들의 말이 정말인가를 가리기 위해, 2010년 10월 중순, 서울 지역 5개 초등학교 4학년 학생 107명을 상대로, 독해·작문에 대한 평가를 실시했다는 것은, 한국교육의 역사에 남을 획기적인 중대사건이요, 공적이라고 아니할 수가 없는 것입니다.

왜냐하면, 신문사에서 부탁했기 때문에, 독해력과 작문력 검사 실시를 서울 시내 학교 측에서 받아 준 것이지, 딴 사회단체나 개인이 부탁했더라면, 턱도 없었을 것입니다.

한 15년 전, 충남의 어느 곳에서 국어과 학력검사의 결과가 나빠, 일부 방송에까지 보도가 되기도 했으나, 관료화한 교육당국의 입막음 때문인지, 원인규명도 없이 흐지부지되고 만 적도 있었습니다.

60여 년 동안 글쓰기 지도를 해 오고 있는 내 추측으로는, 이 나라 모든 초등학교의 국어책 바르게 읽기와 독해지도 및 글쓰기교육이 무너질 대로 무너져 버려, 아마도 구제불능의 상태에 놓여 있을 거라고 확신합니다. 그런데도, 국어책 읽기 검사나 받아쓰기 및 글쓰기 시험 등, 실질적인 국어학력 테스트는 한 번도 해보지 않은 채, 국어교육의 치부가 폭로될까 봐, 전전긍긍하고 있는 형편이라고 생각합니다.

그런데, 이번에 《조선일보》에서, 난공불락의 서울 시내 초등학교를 뚫고 들어가, 실질적인 집필 국어학력 테스트를 실시하고, 무려 3회에 걸쳐 특집기사까지 썼다는 것은, 참으로 대단한 일을 했다고 생각합니다.

채점 결과, 지문地文 내용을 제대로 이해하지 못하는 학생이 48.6퍼센트, 이해력 부족의 학생이 51.4퍼센트, 문장을 제대로 못 쓰는 학생이 54.2퍼센트, 문단 나누기 능력이 없는 학생이 87.9퍼센트나 되었다고 합니다. 초등학교 4학년이면, 모든 감각기관이 거의 성인과 비슷할 정도로 발달해 있고, 호기심과 의문심과 표현욕구가 왕성해, 어른 뺨칠 정도의 글도 척척 써낼 수 있는 단계입니다.

그런데, 지문 내용 이해나, 쓰기능력이나, 문단 나누기 능력이 모자란 학생이 50퍼센트에 가깝거나 50퍼센트를 넘었다는 것은, 참으로 우려스런 일이 아닐 수 없습니다.

독해력이 부족해 지문 내용을 제대로 이해하지 못했다는 것은, 국어교육을 잘못해서 그런 것입니다. 국어교육을 잘못했다는 것은, 국어과는 형식교과로써, 문장을 새길 때, 주어와 술어 관계나, 주제파악은 말할 것 없고 수식어와 피수식어의 문법적 관계나, '그것·그때·거기'와 같은 지시어 새기기 등을 꼼꼼하게 하고 넘어가야 하는데, 내용교과인 사회나 과학 교과서 다루듯, 한 번 읽고 대강 넘어가 버려서 그런 것입니다.

더욱이, '2개'의 '개'를 '게'로 썼다는 것 하나만 보더라도, 국어의 독해지도 및 글쓰기 지도가 얼마나 잘못돼 있는가를 한마디로 살필 수가 있습니다.

그리고, '함안군은' 하고 시작한 문장의 주술호응主述呼應이 안 맞아, 무슨 말인지 알 수 없게 쓴 것도 문제지만, '김씨가 열시하힘을써다'로 시작된 문장을 보면, 그 어디에서도 받아쓰기나 글쓰기 등의 국어교육을 받은 흔적을 찾아볼 수 없는 지경입니다. 말할 것 없이 지진아가 쓴 글일 것 같은데, 그래도 맞춤법이나 띄어쓰기 개념이 하나도 안 돼 있는 걸 보면, 국어교육 부재의 실상을 여실히 증명해 주고도 남음이 있습니다.

그리고, '씨앗의 입장이 되어 글을 써 보라.'는 문제에서는, 자신의 생각만 늘어놓는 학생이 많았고, 요약력이 부족해 내용을 요약하지 못하고, 그대로 옮겨 놓거나, 핵심 내용이 아닌 부수적인 내용을 써 놓았다는 것은, 글쓰기교육을 착실히 실천하지 않았다는 것을 여실히 보여 주는 증거입니다.

셋째, 한국교총이 조선일보사의 부탁을 받고 초·중·고 교사 443명을 대상으로 실시한 설문조사 결과도 아주 귀중한 자료라고 생각합니다. 과거에 견주어 글의 이해력이 떨어졌다고 느낀 교사가 66.6퍼센트, 학생들 독서량과 독서의 질이 떨어졌다는 응답은 59.8퍼센트, 글짓기·문장이해력·언어구사력이 부진하다는 응답도 76.5퍼센트나 되었다고 합니다.

더욱이 서울 강북 C 중학교 정 모(15) 군의 증언을 보면, 중학교에서도 초등학교와 마찬가지로, 국어교육 붕괴현상이 일어나고 있다는 것을 여실히 알 수가 있습니다. 그것은, 틀림없이 초등학교의 국어교육 붕괴현상이, 그대로 중학교로 넘어가서 일어난 현상일 것입니다. 이걸 보더라도, 흔히 무책임한 교사나 글쓰기 강사들이, 학년이 올라가면 나아지겠지 하고, 현장 모면을 하는 수가 많은데, 그들의 말이 얼마나 잘못되었는가를 여실히 증명해 주는 사례라고 아니할 수가 없습니다.

발음이나 맞춤법의 잘못은, 그 자리에서 바로잡아 주고, 독해력이나 글쓰기 능력의 학력 결손은, 즉석에서 보충지도를 해서 채워 줘야 할 일입니다. 그렇게 해서 뒤떨어지는 학생이 없도록 하는 것이 교사의 의무요, 책임입니다. 보충지도나 치료지도를 하지 않고, 나중에 학년이 올라가면 알게 되겠지 하고 내버려 두면, 그것이 습관이 되고, 그 습관이 나중에는 고질병이 되어, 인생파탄으로까지 이르고 마는 것입니다.

그리고, 서울 S 초등학교 어느 사서교사의 증언이나, 서울 신학 초등학교 조재윤 교사의 증언을 보더라도, 한국 국어교육의 잘못을 역력히 알 수가 있습니다. 얼마나 독해지도나 독서훈련이 안 됐길래, 책읽기 수업을 마련해 놨는데도, 어린이들이 책은 읽지 않고, 책장을 기어오르거나, 바닥을 뒹구는 짓들을 하며, 책 읽는 것을 두려워하겠느냐는 것입니다. 책이라고 하면, 거머리처럼 달라붙어 안 떨어질 때인데도 말입니다. 또, 매일 아침 교사가 성의를 다해서, 책읽기 부진아 특별지도를 하려고 해도, 아이들이 책 읽는 게 힘들어, 자리에서 일어나 교실 안을 마구 왔다갔다 한다고 하니, 이런 교실붕괴 현상이 또 어디 있겠습니까.

이상의 증언들을 보더라도, 한국의 국어교육과 한국의 어린이들이, 모두 얼마나 깊이 병들었나를 알 수가 있을 것입니다. 그들 모두가 당장 병원에 입원시켜야 할 중환자들인 셈입니다. 옳은 인간 만들어 달라고 학교에 보냈는데, 학교에서 오히려 고질병 환자로 만들어 놓다니, 세상에 이런 일이 어디 또 있을 수가 있겠습니까? 아마도 이 지구상에 대한민국에밖에 없는 일일 것입니다.

넷째, 신문에 실려 있는, 4학년 학생들이 써낸 답안지 글씨를 보면, 꼭 지렁이가 기어가는 것 같은 꼴인데, 그 어디에서도 글씨 쓰기 지도를 받은 흔적을 찾을 수가 없습니다. 쓰기책에 '궁체'로 쓰도록 분명히 나와 있는데도, 제멋대로 휘갈겨 놓고 있습니다. 내용도 아주 빈약하고 말입니다. 이걸 어떻게 4학년 학생이 쓴 답안지라고 할 수가 있겠습니까? 한국 초등학교 국어교육의 부실함을 이 이상 더 잘 보여 주는 자료가 없을 것입니다. 한국의 초등학교 교육자들은 이 자료를 보고, 맹반성을 해야 할 것입니다.

이러한 모든 병리현상은, 기본이 안 되어 있어서 그런 것입니다. 유치원이나 초등학교 입학을 전후해서 마땅히 해결돼 있어야 할 사람다운 기본, 행동거지의 기본, 학습태도의 기본, 문장지도의 기본 등이 하나도 되어 있지 않아서 그런 것입니다. 초등학교에서는, 이름 그대로 인간정신과 인간행동의 기초 다지기에 전심전력을 다해 철저를 기해야 하는 법인데, 그 원칙을 어기고, 흐지부지 넘어가 버려서 그런 것입니다.

그런데, 우리나라에 국어교육의 부실, 교실붕괴 현상이 일어나게 된 것은, 가정교육과 학교교육에도 책임이 있겠지만, 나는 한국교육을 지도 감독하는 정부나 교육행정 당국의 책임이 더 크다고 봅니다. 학생들의 실질적인 진짜 국어학력은 하나도 파악하지 못한 채, 오직 논설문교육 만능주의와 영어 몰입교육만을 부르짖어 왔기 때문에, 그리 돼 버린 것입니다.

논설문교육도 그 기초가 되는 생활문 지도가 옳게 돼 있어야 하고, 영어교육도 영어가 모국어가 아닌 나라에서는 언어습득의 기초인 모국어교육이 올바르게 돼 있어야 하는 법인데, 그런 교육원리를 무시한 채, 오직 잘못된 성과주의에만 매달리다 보니, 어린이들이 국어책 하나 옳게 못 읽는 국어교육의 붕괴, 글쓰기 교육의 전멸이란 비참한 상태에까지 이르고 만 것입니다.

교육행정 당국자들은, 제발 그 허깨비 같은 4지선택이나 5지선택의 학력검사 결과 같은 것에만 매달리지 말고, 당장 일선학교에 나가서, 어린이들에게 국어책도 직접 읽혀 보고, 받아쓰기와 글쓰기 시험도 한 번 쳐 보라는 것입니다. 받아쓰기는 10문제면 될 것이고, 글쓰기는, '오늘 아침'이나 '내가 하고 싶은 일' 등의 제목으로 200자 원고지 다섯 장 정도 씌우면 될 것입니다. 그러면, 썩어 문드러질 대로 문드러진 한국 국어교육의 참상을 즉석에서 파악할 수가 있을 것입니다. 그리고, 결과가 나오거든, 거기에 무조건 승복해야 할 것입니다. 왜냐하면, 그 쪽지 시험지와 원고지에, 한국 국어교육의 실상이 그대로 다 폭로되어 있기 때문입니다.

이제는 감추려 해도 감출 수가 없습니다. 절대로 우물쭈물 주저해서는 안 됩니다. 빨리 결단을 내려야 합니다. 이 쪽지시험과 글쓰기 시험은 빠를수록 좋을 것입니다. 그래야 병든 어린이들을 하루라도 빨리 구출해 낼 수가 있기 때문입니다.

2010년 11월 2일자 《조선일보》에는, 특집기사 〈글과 담 쌓은 세대〉(중)가, '망가지는 청소년 언어생활', '크리(상황이 악화됨)', '병맛'(어이없음)' …… '입만 열면 인터넷 은어'라는 중간 제목 아래, 다음과 같은 기사가 실려 있었습니다.

〈중〉

서울 개봉역 한 PC방. 중·고교생과 나이 지긋한 중년 남성까지 약 20명이 모여 있는 PC방 안에서, 자그마한 체구의 초등학생 송 모(12) 군이 눈에 띄었다. 옆자리에 배낭형 책가방을 던져 놓고, 의자에 몸을 깊숙이 묻은 송 군은, '서든 어택'이라는 전쟁 게임에 빠져 있었다.

"책이요? 그런 건 학교에서만 읽어요."

하루 1~2시간씩 인터넷 검색을 하고, TV를 1시간 이상 본다는 송 군이 그렇게 말했다. 수업중에 읽은 교과서 빼고, 올해 읽은 책 제목을 대 보라고 하니, "다 만화책인데, 제목은 기억이 안 난다."고 했다. 내용에 대해선, "공룡이 나오고……."라고까지 말한 뒤, 2~3분 가량 가만히 있었다. 머릿속 생각을 표현하기 위한 적당한 문장을 찾아내지 못했는지, "공룡이 나오고, 그게 그냥 끝이에요."라고만 했다. 무슨 질문을 하든, 답변은 단답형으로 끝났고, 무언가를 조리있게 말로 설명하는 데 애를 먹는 듯했다.

활자를 멀리 한 결과, 논리적인 생각과 표현이 서툴러진 학생들이, 자기끼리만의 언어생활에 빠져들면서, 기성세대와의 높은 '언어의 담벼락'이 만들어지고 있다. '쩔다(대단하다)', '현시창(현실은 시궁창)', '시망(시원하게 망했다)' 같은 인터넷 은어로 의사소통을 해, 부모·교사와 단절을 일으키는 것이다.

지난달, 한국교총이 내놓은 설문결과는, 이 같은 현실을 고스란히 보여 준다. '병맛(어이없음, 병신 같은 말)', '레알(정말)', '담탱이(담임교사)', '열폭(열등감 폭발)' 등, 비교적 잘 알려진 청소년 은어·비속어 10개의 의미를 유·초·중·고교 교원 455명에게 물었더니, 5개 이상 맞힌 사람이 44퍼센트에 그쳤다. 66.1퍼센트는, 학생들 대화의 반 이상이 비속어·은어·욕설이라고 말했다. 학생들의 언어가 망가진 원인으로는, 인터넷(49.2퍼센트), 방송·영화(34.2퍼센트)를 꼽았다.

인터넷 공간에서는, 'ㄱㄱㅁ?(어이없다)', 'KIN('즐'을 왼쪽으로 눕혀 놓은 모양·짜증 나니까 꺼져라는 뜻)', '려차(욕설을 뜻하는 영어 단어를 한글 자판으로 친 것)', '개드립(분위기를 망치는 즉흥대사나 연기)' 등, 설명을 듣지 않으면 알 수 없는 말들이 매일같이 쏟아지고 있다. 미국처럼 청소년들이 쓰는 은어를 해독하는, 웹사이트가 필요하다는 얘기까지 나올 정도다.

국립국어원 김세중 공공언어지원단장은, "청소년들이 쓰는 은어를 게임회사에서 채택해, 학생들이 게임을 하면서 이를 배워 확산되기도 하고, 방송에 나오는 비속어를 학생들이 받아들이기도 한다. 이렇게 서로 영향을 주고받으면서, 비속어·은어 들이 생성과 소멸을 거듭하고 있다."고 말했다.

글과 담을 쌓은 학생들이, 인터넷 게시판에 평소 쓰던 습관대로, 또는 아무렇게나 적어 놓은 말들을, 다른 사람들이 따라 하거나 옮기면서, 급속히 퍼져 가는 경우가 많다는 것이다. 심지어 '빠릴(빨리)', '젭라(제발)' 등, 자판을 잘못 친 단어마저 은어로 굳어지는 경우도 있다. 엉터리 단어가 표준어를 몰아내는 격이다.

'안습(안구에 습기 차다, 안타깝다)', '흥좀무'(흥, 좀 무서운데)'처럼, 기존의 조어(造語)구조를 파괴한 인터넷 은어들은, 그저 한때의 장난처럼 무심히 볼 게 아니라고, 전문가들은 지적한다. 이상규 전 국립어학원장(경북대 교수)은, "정확한 콘텍스트(context·문맥)를 따라 글을 읽지 못하기 때문에, 어휘가 깨지고, 문장이 부서지는 현상이 나타난다. 이렇게 되면, 사고력과 창의력이 신장될 수 없고, 심리적인 조울증이 나타나게 되는 것이다."라고 말했다.

상당수 학생들은, 표준말과 문법에 맞는 글에 대한 개념조차 잃어가고 있다. 서울시 교육청 김승찬 장학사는, "중학교는 물론이고, 고교에서도 자기 멋대로 쓰고 말하는 학생들을 자주 보는데, 자기가 틀렸다는 것조차 모르는 경우가 허다하다."고 말했다.

조규익 숭실대 인문대학장은, "디지털 시대의 아이들은, 활자조차도 하나의 이미지로 바라볼 뿐, 심리적인 낭독朗讀의 과정은 생략하고 있다. 그 결과, 글을 쓰면 일상언어를 그대로 옮겨 놓은 듯, 앞뒤가 맞지 않는 비문非文투성이가 되고, 의사소통이 부정확해져, '소통의 부재不在' 현상이 일어나게 된다."고 말했다.

이상이 〈글과 담 쌓은 세대〉(중)의 전체 기사입니다. 나는, 학생들의 은어나 비속어로 말미암은 언어생활 파괴현상을 다음과 같이 생각합니다.

첫째, 이 학생들의 은어나 비속어의 조어현상은, 기계(컴퓨터의 자판)가 장난치기 좋게 되어 있어 일어나는 현상이기도 하지만, 일종의 표현 욕구에 따른 말장난이라고 생각합니다. 무언가를 말하고 싶고, 표현하고는 싶은데, 시나 생활문이나 에세이 쓰는 방법도 모르고, 또, 숙달도 안 돼 있기 때문에, 그렇게 변질되어 버린 것이라고 생각합니다.

시쓰기나 생활문쓰기 지도가 충분히 되어 있었다면, 좀 더 수준 높은 고차원의 문예작품을 창작해 보려고 시도해 봤을 터인데, 작품 감상이나 글쓰기교육은 하나도 하지 않은 채 버려두었기 때문에, 그렇게 유치한 소리밖에 못하는 반벙어리가 돼 버린 것입니다. 이런 말장난이나 하는 유치한 학생으로 만든 것도,

결국 교육자들 책임이라고 생각합니다. 그 우수한 학생들을 그렇게 저질 상태로 타락시킨 것은 전적으로 교육자들의 책임인데, '망가진 청소년의 언어생활' 운운하며, 청소년들만 비난하는 것은, 말이 안 되는 자가당착의 모순된 일이라고 생각합니다.

그리고, 은어나 비속어를 쓰는 것은, 스승과 제자 사이에 어떤 억압된 분위기나 장벽이 있기 때문에, 바른 대로 정직하게 말하지 못하고, 그렇게 돌려서 말하는 것이라고 생각합니다. 그래서, 글쓰기교육을 통해 사제지간에 일대일의 따뜻한 인간적 교류가 이루어졌다면, 그러한 선생이나 현실을 비아냥거리는 조어현상은 일어나지 않았을 것입니다.

그리고, 품격 높은 학생들이 쓴 좋은 시나 생활문을 감상시키거나, 작품 창작에도 힘써서, 학생들의 정신이나 정서를 고결하게 순화시켜 놨더라면, 그런 말장난을 하라고 해도, 유치해서 절대로 하지 않을 것입니다.

둘째, 국어시간에 한글의 우수성이나 창제원리나 세종대왕의 한글 창제의도 등을 충분히 교육시켰더라면, 그런 한글을 파괴하는 불손스럽고 유치한 말장난은 절대로 하지 않을 것입니다. 제정신이 있는 학생이라면, 그런 쓸데없는 짓은 시간이 아까워서도 안 할 것입니다.

그러한 말장난은, 대부분 학력 지진아나 부진아가 저지르는 것이라고 생각합니다. 그들은 유치해서, 그런 말장난이 모국어를 파괴하는 범죄행위라는 것조차도 모르고, 그저 재미로 저지르고 있을 것입니다. 그래서, 교육자들은 학력 지진아나 부진아가 발생하지 않도록, 뒤처진 학생들의 보충지도에 더욱 힘써야 할 일입니다.

2010년 11월 3일자 《조선일보》에는, 〈글과 담쌓은 세대〉(하)란 특집기사가, "'읽기 교육'으로 초일류 강소국된 핀란드", '국가가 산모에 책(육아용품 중 하나) 지급 …… 걸음마 떼면 도서관행'이란 중간 제목 아래, 다음과 같은 기사가 실려 있었습니다.

〈하〉

핀란드 헬싱키 루오홀라띠Ruoholahti 지하철역 근처 공터. 정확히 오후 1시, 책 읽는 생쥐 그림이 그려진 노란색 버스가 공터에 들어섰다.

버스가 정차하자, 5~8살 어린이 다섯 명이 우르르 뛰어갔다. 버스 안에는 책이 가득했다. '도서관 차'였다.

우리나라에도 이동도서관이 있지만, 헬싱키 도서관 차의 인기는 훨씬 뜨겁다. 이날 도서관 차가 한 시간 남짓 루오홀라띠에 머무는 동안, 다녀간 사람은 어린이만 100여 명, 어른까지 합치면 200명이 넘었다.

대부분 아이들이 먼저 신나서 뛰어가고, 부모들이 뒤따랐다. 버스에 올라탄 아이들은, 부모가 시키지 않았는데, 익숙한 솜씨로 책을 뽑아 듣고 대출대로 행했다.

우리나라에선, 부모들이 책을 읽으라고 닦달해도 읽지 않는 아이들이 많지만, 이날 만난 핀란드 어린이들은 달랐다. 동생과 함께 왔다는 종합학교(초·중학교) 5학년 아미(11) 양에게, "책 읽는 것을 좋아하느냐?"고 묻자, 아미 양은 눈을 동그랗게 뜨고, 한참 생각하더니, "책을 싫어하는 사람은 없잖아요?"라고 말했다. 질문 자체를 이해할 수 없다는 표정이었다.

핀란드는, 세계경제포럼WEF 발표 국가경쟁력 순위에서 7위(2010)에 오르고, OECD에서 발표하는 학업성취도평가PISA에서 줄곧 1위를 차지하는 '강소국强小國'이다. 이 나라가 세계적인 명성을 얻기까지는 특유의 독서·읽기 문화가 큰 역할을 했다는 분석이다.

핀란드의 독서·읽기 열기는 통계로도 확인할 수 있다. 핀란드 교육부의 2007년 통계에 따르면, 전 국민 530만 명 중, 1년간 한 번이라도 도서관에서 책을 대출한 사람은, 219만 명(41.5퍼센트)이고, 이들은 연평균 46권씩 빌렸다.

핀란드 사회는, 어린이들이 글을 배우기 전부터 책을 가까이 하게 하는 데 주력하고 있다. 우선 아이가 태어나면, 부모에게 자동으로 지급되는 '산모 육아용품 세트'에, 아기를 위한 책이 들어 있다.

"90퍼센트 이상의 핀란드 가정에선, 매일 아이가 자기 전 1~2시간 동안, 부모들이 책을 읽어 준다."고, 도서관에서 만난 전직 유치원 교사 실바 우스키(52)씨는 말했다.

걸음마를 떼기 시작하면, 도서관에 데려간다. 인구 58만 명인 헬싱키 시내에만 도서관은 35곳이 있는데, 모든 도서관 1층에는 어린이 코너가 있다. 어린이 코너에는, 집짓기 퍼즐이나 인형과 같은 장난감이 있어서, 아이들은 도서관에서 놀면서 책을 가까이 할 수 있다.

학교 또한, '읽기 교육'의 중요성을 끊임없이 강조한다. 많은 교사들은 신문이나 잡지를 보조교재로 활용한다. 헬싱키 사범대 야리 라보넨 Jari Lavonen 학장은, "읽기 능력은 기초적인 교육에서 매우 중요하며, '읽기 자료'의 사용은, 문학·사회 수업에 국한되지 않는다. 핀란드에선, 과학 교과에서도 학생들이 실험 내용을 사회활동과 관련시킬 수 있도록 신문·잡지를 활용하고 있다."고 말했다.

사회적으로, 고등학생과 대학생들에게 신문 구독을 장려하고 있다. 2008년 연구에서, 29세 이하의 청년층에서, 신문 구독자는 71퍼센트가 투표를 하고, 나머지는 투표율이 40퍼센트에 불과했다. 이 나라에서는, '신문 구독'을 '민주시민'의 상징으로 인식하는 것이다.

또, 2006년 위배스퀼래 대학에서 실시한 '피사(PISA) 후속 연구'에서, 신문을 읽는 빈도가 높을수록 읽기 과목뿐 아니라, 수학과 과학에서도 성적이 높은 것으로 나타났다. 연구를 주도한 피르요 린나퀼래 교수는, "신문을 읽는 학생들이 지식에 대한 열정이 높기 때문일 수도 있지만, 동시에 신문 읽기가 학생들에게 다양한 지식을 전달하기 때문이다."라고, 보고서에서 분석했다.

이상이, 《조선일보》 특집기사 '하'의 전문입니다. 이 기사를 읽고, 느낀 점은 다음과 같습니다.

첫째, 핀란드 어느 마을에 '도서관 차'가 오자, 100여 명의 어린이들이 버스에 올라탄 뒤, 부모가 시키지 않았는데도, 익숙한 솜씨로 책을 뽑아들고 대출대로 가더라는 대목을 읽고, 핀란드 유치원 교육의 우수성에 놀랐습니다. 얼마나 버릇 들이기 교육이 잘 돼 있기에, 부모가 시키지 않았는데도, 5~8살 어린이들이 질서정연하게 '도서관 차'로 올라가 책을 대출해 가느냐는 것입니다. 가정교육과 유치원교육이 잘 돼서 그런 것입니다. 《핀란드 교육혁명》이란 책을 읽어 보니, 핀란드에서는 모든 인성교육이 유치원에서 다 끝난다고 돼 있었습니다.

둘째, 유치원에서 대학까지 무상교육을 하는 사회주의 복지국가라 그렇기도 하겠지만, 아이가 태어나면, 부모에게 자동으로 '산모 육아용품 세트'가 지급되는데, 그 세트 안에 아기를 위한 책이 들어 있다고 하니, 참으로 놀라지 않을 수가 없습니다. 핀란드를 '학생들을 위한 나라'·'교육의 천국'을 추구하는 나라라고 하더니, 그 이념이 명실공히 거짓 없이 실천되고 있는 것 같고, 그렇게 독서의 조기교육이 착실하게 이루어지고 있으니, 국제학력평가(PISA)에서 세계에서 단연 1위를 유지하는 것도, 우연이 아니라고 생각됩니다.

그리고, 90퍼센트 이상의 핀란드 가정에서는, 매일 아이가 잠들기 전 1~2시간 동안, 부모들이 책을 읽어 준다고 하는 대목도, 우리나라 사람들이 꼭 본받아야 할 점이라고 생각합니다.

셋째, 핀란드 학교에서는, '읽기 교육'을 끊임없이 강조하면서, 신문이나 잡지를 보조교재로 적극적으로 활용한다는 대목을 읽고, 참으로 옳게 잘 하고 있구나 하고 감탄을 했습니다. 사실, 신문과 잡지 이상, 새 시대를 살아가야 할 학생들에게, 꼭 필요한 유익한 정보와 지식을 풍부하게 제공해 주는, 좋은 자료는 이 세상 그 어디에도 없을 것입니다. 그래서, 정규 국어시간이나 사회·과학 등의 시간에 기초를 충분히 닦은 다음, 신문·잡지에 실린 수준 높은 자료로 보충수업을 한다면, 그 얼마나 유익하고 교육효과가 크겠습니까?

그런데, 우리나라의 어린이신문이나 어린이용 잡지를 보면, 내용이 빈약하기 짝이 없습니다. 신문·잡지사 편집자들이 그만큼 연구도 안 하고, 도전정신도 없다는 것입니다. 우선 어린이 신문이나 잡지에 실린 어린이 작품을 보면, 전부 수준 미달의 저질 작품들뿐입니다. 좀 더 발품을 팔아 심층취재를 하면, 숨어 있는 진짜 글쓰기 실천가를 많이 만날 수 있을 텐데, 매너리즘에 빠져 있어서 그런 것입니다. 좀 더 분발해서, 학생들이 읽고 싶어 하는, 알찬 신문·잡지를 만들도록 해야 할 것입니다.

제2장
글쓰기교육의 기초 다지기

1. 생활문 쓰기 교육은 글쓰기 기초 다지기 작업

내가 '생활문 쓰기 지도과정'에 대한 글을 쓰게 된 것은, '논설문 광풍狂風'이 불어 닥치면서, 논설문만 있고, 생활문은 그 존재조차 알 수 없게 돼 버렸기 때문입니다. 사실은, 생활문이야말로 우리 생활에서 가장 많이 쓰이는 실용적인 글이요, 모든 글의 핵심 가운데 핵심인데도 말입니다. 그래서, 생활문이 논설문보다 오히려 더 중요한 진짜 글이란 것을 밝히기 위해서, 이 글을 쓰게 된 것입니다.

다시 말하면, 지금 교육당국에선 논설문만 잘 쓰면, 마치 모든 교육문제가 다 해결될 것처럼 떠들고 야단들인데, 초등학교의 경우에는 논설문 때문에 오히려 글쓰기교육을 망치고 있을 뿐 아니라, 어린이들 학습에도 일대 혼란을 불러일으키고 있어 큰일인 것입니다. 그러나, 만일에 논설문 대신에, 글쓰기 이론의

바른 길을 따라 생활문 쓰기를 활성화했더라면, 어린이들의 학력도 오르고, 어린이들의 정서나 인간성도 풍부해졌을 뿐 아니라, 논설문 문제도 자연히 다 해결되었을 것입니다. 그렇게 하는 것이 순리順理이고, 합리적이기 때문입니다. 초등학교 어린이들에게 그들의 심신발달단계에도 맞지 않는 논설문 지도를 강요한다는 것은, 순리를 거스르는 것이고 불합리한 일이어서, 절대로 강요해서는 안 될 일입니다.

그 '논설문 만능론萬能論'이 나오게 된 것은, 대학입시에 논설문 쓰기 시험이 추가되자, 글쓰기 이론도 전혀 모를 뿐 아니라, 글쓰기 지도를 한 번도 해보지 아니한 탁상공론의 망상가妄想家들이, 논설문교육을 외치면 주목을 받겠지 하는 어리석은 공명심에서 마구 떠들어댔기 때문입니다. 그러나, 중·고등학교용 논설문 국정 교과서까지 만들어, 무려 20여 년 동안이나 논설문교육을 입이 마르도록 외쳐 댔지만, 완전히 실패하고 말았습니다.

다시 말하면, 생활문 쓰기를 통해 문장력과 비판적 사고력이 길러진 다음에, 논설문 지도를 해야 성공을 하지, 생활문 쓰기를 통한 기초 다지기도 없는 논설문 지도는 모래 위에 집을 짓는 사상누각과도 같아, 판판이 실패하고 만다는 것입니다.

한마디로, 어떤 글이든 글을 쓰려면, 먼저 문장력이 있어야 하는데, 그 문장력은, 문장력의 기초가 되는 일기·생활문·시·독후감 쓰기에 익숙해져야만 가능한 일입니다. 그런데, 그 네 가지 분야의 글쓰기 과정도 적지 않게 어렵고 시간이 걸리는 게 아닙니다. 글쓰기의 입문기入門期인 일기 쓰기 과정도 어렵지만, 더욱이 생활문 쓰기 과정에서는 여러 가지 표현기술을 익혀야 되기 때문에, 더욱 복잡하고 어렵고 시간도 많이 걸립니다. 그래서, 대부분 이 생활문 쓰기 과정에서 어려워서 흐지부지하고 주저 앉는 수가 많습니다.

그런데도, 나는 이번에 그 어려운 생활문 쓰기 지도과정을, 여러 가지 실적물을 제시해 가며, 자세히 보여 드리려고 하는 것입니다. 왜 그러느냐 하면, 논설문의 기초가 되는 생활문 쓰기 지도과정도 이만큼 어려운데, 그런 기초 다지기 작업도 없이, 생활문보다 더 어려운 논설문 지도가 어떻게 그리 쉽게 가능하겠는가를 보여 드리려고 합니다.

때마침, 나도 서울의 어느 초등학교 3학년짜리 여학생 3명에게 1주일에 한 번씩 생활문 쓰기 강의를 하고 있는데, 글쓰기 기초가 너무도 안 돼 있어, 적지 않게 몸부림을 치고 있던 터라, 나의 고민 고백도 겸해서, 생활문 쓰기 과정을 구체적으로 보여 드리고 싶어서 시도한 것입니다.

강의는 2009년 9월부터 시작되었는데, 글쓰기에 대한 기본(개념)을 심어 주고자, 먼저 실감나고 호소력 있는 일기문을 많이 감상하며, 모든 글의 기초실력은 일기 쓰기에서 나온다는 것을 강조했습니다. 교재는, 《정아인의 진짜 신나는 일기》(온누리)였습니다. 한두 달 동안 받아쓰기도 하고, 생활문 감상도 하고 해서, 글쓰기에 대한 기초 다지기를 많이 했습니다.

그리고는 바로 원고지 사용법 익히기로 들어갔습니다. 그 원고지 사용법 익히기 과정은, 먼저 〈보기Ⅰ〉처럼 원고지에 씌어 있는 본보기글을 그대로 원고지에 베껴 쓰는 작업을 하고, 그 다음은 〈보기Ⅱ〉처럼 본보기글을 원고지에 옮겨 써 보는, 응용 단계의 작업을 해보는 과정을 밟았습니다.

왜 이렇게 강의가 시작되자마자, 원고지 사용법 익히기부터 시작했느냐 하면, 앞으로 생활문을 쓰려면 무제공책에 '초벌쓰기'를 해야 하는데, 그 무제공책에 초벌쓰기를 할 때부터 바로 원고지 사용법에 따라 글을 써야 하기 때문입니다. 그리고, 어린이들이 원고지 사용법을 터득하게 되면, 자신감이 생길 뿐 아니라, 일대 정신혁명이라도 일어난 것처럼, 어린이들 생활에 많은 변화가 일어나기 때문입니다.

그리고는, 생활문 쓰기 과정으로 들어갔는데, 생활문 쓰기 지도과정은, 살아 있는 본보기글 맛보기→제목 정하기→얼거리 짜기→초벌쓰기→1차 고치기〔퇴고〕→선생님과 글이야기 나누기→2차 고치기〔퇴고〕→원고지 쓰기→3차 고치기〔퇴고〕의 과정을 밟게 됩니다. 그래서, 《글쓰기 박사가 되는 길》(온누리)에 실려 있는 생활문 하나를 감상하고, 바로 '얼거리 짜기'로 들어갔습니다. 그 '얼거리 짜기'의 지도과정은 다음과 같습니다.

〈보기Ⅰ〉

운동회날

서울 종암 초등학교 3의 3

고인재

기다리던 운동회날이 왔다. 아침을 일찍이 먹고 학교로 갔다. 교문을 들어서자, 파란 하늘에 매달린 만국기들이 어서 오라고 손짓을 했다. 운동장에 그어 놓은 하얀 줄을 보니, 금방이라도 달려 보고 싶었다.

개회식 때,

"처음부터 끝까지 규칙과 질서를 지키고, 정정당당하게 경기를 합시다."

하시던, 교장 선생님의 말씀이 자꾸 생각났다.

달리기에서 연습 때는 3등을 했는데, 오늘은, 2등을 해서 너무나 기뻤다. 창호는, 나보다 출발이 늦어서 3등이 되었다며, 내 등을 두드렸다.

〈보기Ⅱ〉

고마우신 아버지

서울 경희 초등학교 2의 3

이호식

학교 버스에 앉아 있으니, 비가 내리고 있었다. 나는 마음속으로

'어머니께서 우산을 가지고 오시겠지, 뭐.'

하고 생각하였다. 학교 버스에서 내렸는데, 어머니께서 나와 계시지 않았다. 나는, 어머니가 밉고, 나쁘다고 생각하였다. 1학년 어머니께서, 우리 집까지 차로 데려다 주셨다.

집에 도착하여, 나는 가방을 내던지고, 어머니께 물었다.

"왜 우산, 가지고 나오시지 않으셨어요?"

라고, 소리를 질렀다. 어머니께서는, 깜짝 놀라시며, 아버지께 전화를 걸으셨다. 그리고, 나한테 또 물으셨다.

"정말 아버지께서 나가지 않으셨니?"

하고 물으셔서, 나는 그렇다고 대답했다.

아버지하고 통화를 하고 난 후, 어머니께서는,

"아버지가 건너편에서, 힘차게 소리 치시는 것을 모르고, 1학년 동생 차로 가니, 할 수 없이 회사로 돌아가셨다."

고 하셨다.

난, 그 소리를 듣고

'아버지께서 바쁘신데도, 나를 위해서, 우산을 가지고 나오셨는데……'

하고, 어머니께 소리 지른 것을 후회했다. 정말 고마우신 우리 부모님이시다.

첫째, 얼거리 짜기

이 세상 모든 어려운 일에는 계획서와 설계도가 필요하듯, 생활문 쓰기에서도 글의 계획서인 '얼거리 짜기'(構成)부터 시작해야 합니다. 〈보기Ⅲ〉의 얼거리 짜기 용지는 내가 직접 고안해 낸 것인데, 얼거리를 짤 때나 글을 쓸 때, 자기가 강하게 느낀 것을 잘 생각해 내서 쓰라고, 아무리 말해도 잘 되지 않아, 어린이 얼굴을 등장시켜, 5감으로 느낀 것을 구체적으로 적도록 하기 위해 만들어 놓은 것입니다. 그래서, 얼거리 짜는 요령을 설명하고, 당장 얼거리 짜기로 들어갔습니다. 그 구체적인 지도과정은 다음과 같습니다.

(1) '제목' 정하기는, 첫글이라, 내용이 복잡하면 안 되기 때문에, 어디 갔다 온 이야기나 견학 갔던 이야기는 빼고, 가정이나 학교에서 일어난 간단한 주변의 이야기를 고르라고 했습니다. 가령 '심부름', '돈 잃어버린 일', '선물 받은 일', '억울한 일', '강아지' 등의 예를 들어 보여 주었습니다.

(2) '하고 싶은 이야기'(주제)는, 글 제목에 따라 꼭 말하고 싶은 내용의 핵심을 짧게 쓰면 됩니다. 이 주제를 쓰는 과정을 통해서, 어린이들은 글 쓸 내용의 핵심을 확인하게 될 것입니다.

(3) '이야기 상대' 정하기는, 자기 이야기를 들려 줄 상대를, 가족이나 선생님이나 친구 가운데서 한 사람 골라서 쓰면 되는

〈보기Ⅲ〉

글 얼거리 짜기

(개요 짜기 · 구상하기 · 상 짜기)

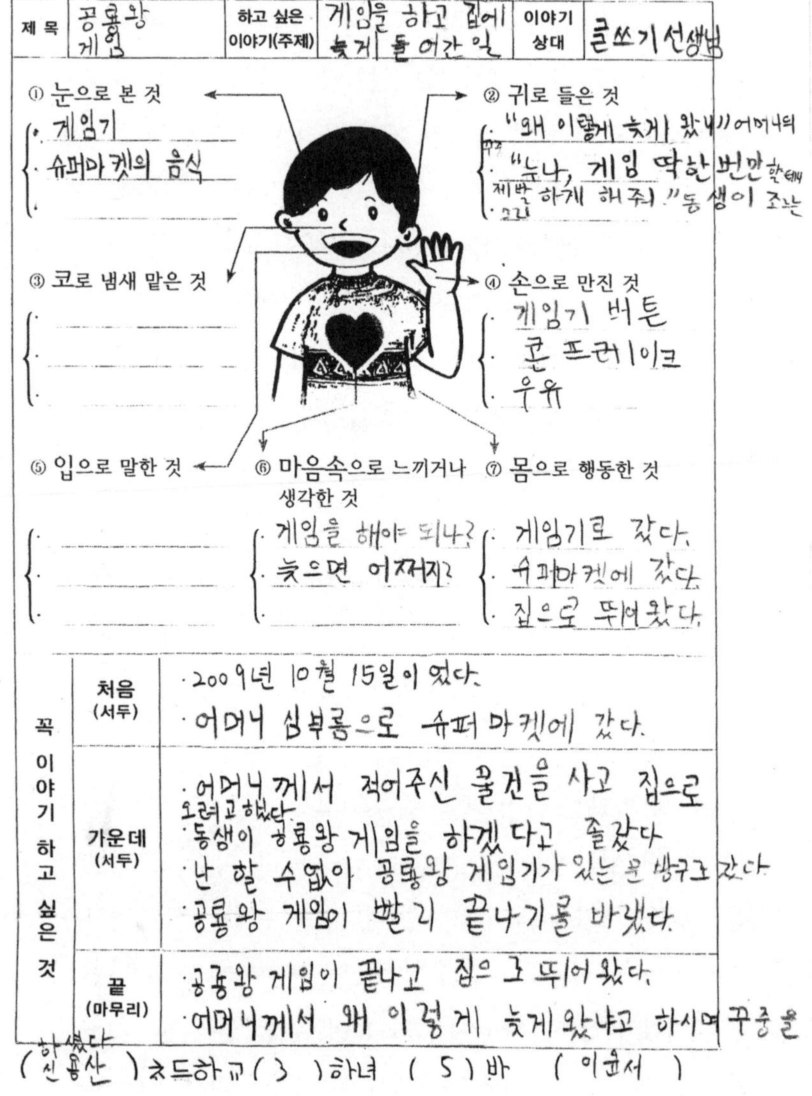

제 목	공룡왕 게임	하고 싶은 이야기(주제)	게임을 하고 집에 늦게 들어간 일	이야기 상대	글쓰기 선생님

① 눈으로 본 것
· 게임기
· 슈퍼마켓의 음식
·

② 귀로 들은 것
· "왜 이렇게 늦게 왔니" 어머니의 꾸중
· "누나, 게임 딱 한 번만 할 테니 제발 하게 해 주라" 동생이 조르는 소리
·

③ 코로 냄새 맡은 것
·
·
·

④ 손으로 만진 것
· 게임기 버튼
· 콘 프레이크
· 우유

⑤ 입으로 말한 것
·
·
·

⑥ 마음속으로 느끼거나 생각한 것
· 게임을 해야 되나?
· 늦으면 어쩌지?
·

⑦ 몸으로 행동한 것
· 게임기로 갔다.
· 슈퍼마켓에 갔다.
· 집으로 뛰어왔다.

꼭 이야기하고 싶은 것		
	처음 (서두)	· 2009년 10월 15일이었다. · 어머니 심부름으로 슈퍼마켓에 갔다.
	가운데 (서두)	· 어머니께서 적어주신 물건을 사고 집으로 오려고 했다. · 동생이 공룡왕 게임을 하겠다고 졸랐다. · 난 할 수 없이 공룡왕 게임기가 있는 곳 쪽으로 갔다. · 공룡왕 게임이 빨리 끝나기를 바랬다.
	끝 (마무리)	· 공룡왕 게임이 끝나고 집으로 뛰어왔다. · 어머니께서 왜 이렇게 늦게 왔냐고 하시며 꾸중을 하셨다.

(신용산) 초등학교 (3) 학년 (5) 반 (이윤서)

것입니다. 왜 '이야기 상대'를 정하느냐 하면, 이야기 상대를 정해 놓고, 이야기 상대를 머릿속에 떠올리며 이야기하듯 써 나가면, 글도 잘 써질 뿐 아니라, 상대방이 잘 알 수 있는 자세한 글이 되기 때문입니다. 즉, 주관적인 글이 아닌 객관적인 글이 된다는 것입니다. 어린이들은, 자기가 알고 있는 것은, 다른 사람도 다 잘 알고 있을 거라고 생각한다고 합니다. 그래서, 남이 잘 알도록 자세히 쓰는 법을 되풀이해서 훈련을 해야 합니다.

(4) ① '눈으로 본 것' 적기는, '강아지'·'사람'이라고만 간단히 적을 게 아니고, 강아지나 사람의 특징을 좀 자세히 적어야 합니다. 강아지 같으면, 강아지의 크기·생김새·색깔 등을 적고, 사람 같으면, 남녀 구별·나이·키·몸매·얼굴 생김새·성격 등을 좀 자세히 적어 두어야, 글을 쓸 때 묘사나 설명을 자세히 할 수가 있을 것입니다.

(5) ② '귀로 들은 것' 적기는, 바람소리나 새소리 같은 것도 있겠지만, 주로 사람의 말소리가 많을 것입니다. 사람의 말소리를 적을 때는, 그 사람의 말투나 사투리 그대로 녹음하듯 적도록 훈련시켜야 합니다. 우리나라 어린이들의 생활문을 보면, 대화문이 없는 글이 너무도 많습니다. 그것은, 대화문 넣어서 쓰는 법을 가르쳐 주지 않아서 그런 것입니다. 대화문을 넣어서 쓰면, 그 장면의 모습이 잘 드러나 보여서 좋고, 또, 글이 생생해지고, 글이 좀 더 길어져서 좋습니다.

(6) ③ '코로 냄새 맡은 것'이나 ④ '손으로 만진 것'은 있으

면 쓰고, 없으면 비워두어도 되는 것입니다.

(7) ⑤ '입으로 말한 것'은 자세히 적어 두도록 해야 합니다. 그래야 대화문을 넣어서 글로 쓸 수 있기 때문입니다.

(8) ⑥ '마음속으로 느끼거나 생각한 것' 적기는, 더욱이 우리나라 어린이들이 서툰 부분입니다. 마음속으로 느끼거나 생각한 것은, 그때그때 적어 놔야 실감이 나고 감동을 주는데, 행동한 것만 적어 놓고 느낌이나 생각은 하나도 적지 않거나, 아니면 글 끝에 몰아서, '참 슬펐다.'·'참 기뻤다.' 등으로 간단하게 써 버리는 수가 많습니다. 이렇게 써 가지고서는 글맛이 안 나기 때문에, 좀 더 자세히 쓰도록 훈련시켜야 할 것입니다.

(9) ⑦ '몸으로 행동한 것' 적기는, 자기가 어떤 동작을 할 때나 말할 때의 몸의 움직임도 중요하지만, 더욱이 자기가 크게 감동했을 때의 몸과 손의 떨림이나, 얼굴이나 눈이나 입술의 움직임 같은 것도, 적어 두는 것이 좋습니다. 더욱이, 시를 쓸 경우, 큰 감동을 표현할 때, 그런 몸의 움직임을 곁들여 그려 넣으면, 기쁨이나 슬픔을 간접적으로 표현할 수가 있어서 아주 좋습니다.

(10) 이렇게, 5감으로 보고 듣고 느끼고 생각하고 행동한 것을 적다 보면, 과거에 체험한 모든 것이 역력하게 떠올라, 얼거리 짜는 데 많은 도움을 줄 것입니다. 아무리 지나간 일을 잘 생각해 내서 쓰라고 해도, 어린이들이 기억이 희미해 잘 안 떠오른다고 해서, 이런 5감으로 느낀 것을 다 적게 하는 꾀를 낸

것입니다.

(11) '꼭 이야기하고 싶은 것' 적기는, 제목에 따라 글 쓸 내용을, '처음'(서두)과 '가운데'(중심)와 '끝'(마무리)의 세 부분으로 나누어, 조목조목 적으면 될 것입니다. 그때 글의 중심인, '꼭 하고 싶은 이야기'가 빠지지 않도록 유의해야 할 것입니다. 그리고, 세 부분의 내용을 적을 때도, 위에서부터 차례로 적는 것도 좋고, 아니면, 중심부터 먼저 적고, 앞과 뒤를 적는 것도 좋을 것입니다.

또, 얼거리를 짤 때, 누가, 언제, 어디서, 무엇을, 왜, 어떻게 했는가의 여섯 가지 물음(6하)의 원칙에 어긋나지 않게, 누가 날짜와 시간과 장소와 인물과 어째서(왜)와 어떻게가 잘 나타나도록, 유의해서 자세하게 짜야 할 것입니다. 그래야 쓸 것을 빠뜨리지 않고, 글을 쓸 수가 있기 때문입니다.

둘째, 초벌쓰기

이렇게 일단 얼거리를 짜고 나면, 글의 중심이나 글 쓸 차례가 머릿속에 명확하게 떠오르게 될 것입니다. 사실, 글을 쓰기 전에, 그렇게 머릿속에 글이 대강 만들어져 있는 것이 좋습니다. 그렇게 먼저 만들어져 있는 글을 차례차례 끄집어내서 써 나가면, 차분하게 생각하면서 글을 쓰기 때문에, 글이 짜임새가 있게도 되고, 또, 깊이 있는 글이 되기도 할 것입니다. 초벌쓰기를 할 때 유의할 사항은 다음과 같습니다.

(1) 공책에 초벌쓰기를 할 때는, 반드시 '얼거리 짜기' 종이를 옆에 놔두고, 확인해 가면서 차례차례 쓰도록 습관화해야 합니다. 대부분의 어린이들은, 스스로 짠 얼거리 종이를 가방 안에 넣어 둔 채, 이를 보지 않고 그냥 글을 쓰는 수가 많은데, 그러면 아무래도 쓸 것을 빠뜨리는 수도 많고, 또, 글 쓸 차례가 뒤바뀌는 수도 있으므로, 반드시 얼거리 종이를 옆에 놔두고 쓰는 것이 좋을 것입니다. 그렇게 하다 보면, 더 쓰고 싶은 것이 생각날 때도 있는데, 그러면, 얼거리 종이에 얼른 적어 두었다가 쓰는 것도 좋을 것입니다.

(2) 생활문의 길이에 대해 어린이들이 궁금해 하는 수가 많은데, 생활문의 길이는 200자 원고지로 5장 정도 써야 합니다. 그 정도 써야 짜임새 있는 글이 되기 때문입니다. 서두 1장, 중심 3장, 마무리 1장, 이 정도 써야 글다운 글이 될 것입니다.

원고지 5장 정도의 길이로 초벌쓰기를 하려면, 무제공책 1페이지 반이나 2페이지 정도 쓰면 될 것입니다. 만일 글이 그 정도의 길이가 안 될 때는, 대화문을 더 넣거나, 장면 장면의 설명이나 묘사를 더 자세히 하도록 하면 될 것입니다.

(3) 생활문의 생명은, 남이 잘 알 수 있도록 차례차례 물음의 여섯 가지 원칙에 맞게 자세히 쓰는 것입니다. '이야기 상대'를 머릿속에 떠올려 놓고, 시간의 순서나 일의 순서에 따라 차례차

례 써 나가야 글이 잘 이어지고, 그래야 남이 이해하기 쉬운 글이 될 것입니다.

그런데, 우리나라 어린이들은, 이 시간의 순서나 일의 순서에 따라 차례차례 쓰는 훈련이 안 돼 있어서, 글을 대강대강 써 버리기 십상입니다. 어린이들이 이렇게 대강대강 써 버리는 것은, 생활문 쓰기의 원리를 몸에 익히기도 전에, 개념적으로 쓰는 논설문 투에 먼저 젖어 버려서 그런 것입니다. 논설문의 병폐가 얼마나 무섭습니까? 어린이는 어린이답게 생활문을 쓰면서, 자기가 하고 싶은 희노애락의 이야기를 마음대로 쓰며 자유롭게 살아가야 정상일 것입니다. 그런데, 논설문이란 괴물이 어디서 날아 들어와, 어린이들에게 어린이 정서에도 맞지 않고, 딱딱하고 아무 맛도 없는 시시비비 이야기만 쓰라고 강요하며, 어린이들을 햇영감으로 만들려고 하고 있으니, 이 얼마나 어리석고 정신 나간 짓들입니까?

내가 지도하고 있는 서울 어린이들도 이 차례차례 자세히 쓰기가 안 되어, 네 번이나 고쳐쓰기를 한 끝에 겨우 통과가 되어, 원고지 쓰기로 들어갔는데, 그 생생한 지도과정과 변천과정을 보여 드리기 위해, 그걸 이 글 끝에 다 실어 놨습니다.

그 네 번이나 생활문 고쳐쓰기를 시키며, 나는 걱정을 많이 했습니다. 본격적인 생활문 쓰기를 한 번도 해보지 않은 어린이들에게, 너무 무리한 요구를 하고 있지는 않나 하는 걱정을 떨칠 수가 없었기 때문입니다. 3학년쯤 되었으니, 살아 있는 좋은 본보기글을 감상하고 나면, 깊은 잠에서 깨어날 수도 있는 법인데, 도무지 강의가 먹혀들지 않아, 더러 심하게 꾸짖기도 했습니다. 그래서, 그만두겠다고 할까 봐 불안스럽기도 했습니다. 그러나, 이상하게도 그만두겠다는 소리는 하지 않고, 순순히 다시 고쳐쓰기를 거듭하면서, 차츰 글의 양이 많아지는 게 아닙니까? 내 잔소리 속에, 아직 한 번도 듣도 보지도 못한 글쓰기에 대한 새로운 이론과 진리가 들어 있었기에, 아마 싫다고 아니하고 날로 변신을 거듭해 갔던 것 같습니다.

네 번째 고쳐쓰기를 해 온 글을 보고, 나는 참으로 기뻤습니다. 겨우 문리가 터져, 대강대강 개념적으로 쓰는 글투를 벗어나, 묘사형으로 차례차례 자세히 쓰는 글투로 변해 있었기 때문입니다. 그때 그 아이의 어머니에게도 기쁨을 전하고, 맛있는 것 많이 사 주라고도 부탁을 했습니다.

(4) 생활문 쓰기 지도에서 중요한 것은, 어린이의 글을 자세히 봐 주는 작업일 것입니다. 그것이 바로 '선생님과 글이야기 나누기' 작업인데, 그것은 스승과 제자가 일대일로 마주 앉아 어린이가 쓴 글에 대해 이야기를 나누는, 가장 이상적이고 인간적인 교육형태인 것입니다. 이번에도 어린이가 써 온 글을, 한 구절 한 구절 꼼꼼하고 자세하게 봐 주며 대안도 제시해 주었기 때문에, 어린이가 내 진실함에 감복해 도중에 포기를 하지 않고, 꾸준히 글을 다시 고쳐 쓰고 했던 것입니다. 머리를 맞대고 하는 일대일 교육의 위력이 얼마나 큽니까? 그 어려운 자기 변신

을 거듭하고 또 거듭해서, 드디어 목표점에까지 도달할 수가 있었으니 말입니다.

그런데, 그 '선생님과 글이야기 나누기'는, 그런 형식만 취한다고 해서 되는 것은 절대로 아닙니다. 글쓰기 지도자는, 적소적시에 딱 들어맞는 도움말을 할 만한, 문법이나 글쓰기 이론으로 완전무장을 하고 있어야 합니다. 그런 경지까지 다다르려면, 많은 공부를 또 하고 또 해야 하는 것입니다.

그리고, 어린이 글 봐주기 작업도 형식적으로 한 번 슬쩍 봐주기로 끝나 버리면, 아무 효과가 없습니다. 고쳐 온 것을 확인하고, 또, 고치라고 재차 지시해서, 완전히 고칠 때까지 끈질기게 봐 줘야 합니다.

글쓰기 지도 과정이나 모든 가르치는 과정은, 이렇게 구체적이고 복잡하고, 공력이 드는 것입니다. 그렇게 공력을 들여도, 일이 잘 안 될 때가 많습니다. 글쓰기 지도가 그만큼 어렵고 정성을 들여야 하는 작업입니다. 그래도, 그런 어려운 작업과정을 거쳐 어린이가 변하고 발전하는 것이기 때문에, 거기 매달리는 것입니다. 이것이 글쓰기 지도의 기쁨이고 묘미입니다. 그런데, 일기나 생활문이나 시나 독후감을 한 번도 쓰이지 않고, 글을 봐 주지도 않은 채, 월급이나 타먹고 허송세월이나 하고 있다면, 그런 사람을 어찌 양심 있는 교육자라고 할 수가 있겠습니까. 한국의 교육자들은 모름지기 모두 자기 가슴에 손을 얹고, 양심으로 돌아가 깊이 반성을 해봐야 할 일입니다.

(5) 생활문을 쓸 때 가장 어려운 점은, 글의 첫머리인 '서두'를 어떻게 쓸 것인가 입니다. 글의 서두만 잘 나오면, 뒤의 글은 저절로 술술 잘 풀려 나오게 됩니다.

그런데, 그 글의 서두가 잘 안 잡혀 고민할 때가 참으로 많습니다. 글의 서두를 멋지게 써 보려고 벼를 때, 더욱이 그렇게 잘 안 될 때가 많습니다. 그래서, 그렇게 멋지게 시작해 보려고 벼르지 말고, 자연스럽게 시작하는 게 좋습니다. 일이 일어난 '시간'부터 시작한다든가, 일이 일어난 '장소'나 '행동'한 것부터 쓴다든가, 여러 가지 방법이 있을 것입니다. 그것을 다 모아, 하나의 틀로 만들어 놓았으니, 생활문을 쓰게 할 때 참고하시기 바랍니다.

〈생활문 '서두'(첫머리)의 여러 가지 투〉

투	보기
① 일이 일어난 '시간'부터 쓰기	• 2006년 3월 28일, 수요일의 일이었다. • 내가 1학년 때인, 2004년 10월, 어느 일요일의 일이었다.
② '사건'이 일어난 '장소'를 서두로 쓰기	• '운동장에' 나가 보니, 눈이 많이 쌓여 있었다. • '방에서' 공부를 하고 있으니, 친구들이 놀자고 불렀다.
③ '행동'이나 '동작'부터 쓰기	• 학교에서 돌아와서…… • 아침에 눈을 뜨니…… • 넷째 시간의 차임이 울렸습니다.…… • 공을 찼더니, 유리창에 부딪혀서, 부엌에서 쨍그렁 소리가 났다.……
④ '대화문'을 서두로 해서 쓰기	• "아버지, 왜 빨리 안 일어나세요?" 하고 물으니…… • "영희야, 빨리 세수하고 밥 먹어라." 하고, 어머니께서 재촉했습니다.
⑤ '설명문'을 서두로 해서 쓰기	• 우리 아버지는, 3개월 동안이나 강원도 벌목장에 가서, 일하고 계십니다.
⑥ '글의 주제'를 먼저 말하고 시작하기	• 우리 어머니는, 몸집이 크지만, 자상하신 어머니입니다.
⑦ '둘레의 모습'(정경)부터 쓰고 시작하기	• 밖에서는, 가을 비가 추적추적 내리고 있었습니다.
⑧ '문제점'을 미리 말해 두고 시작하기	• 나의 눈이 나빠진 것은, 유치원에 들어가면서부터였습니다.
⑨ '가정'이나 '추측'을 서두로 해서 쓰기	• 만일 내가 어른이 된다면, 우리 철공소를, 아버지보다 훨씬 더 번창하게 만들 것입니다.

⑥ 네 번의 '초벌쓰기'의 변화과정을 살펴보면, 다음과 같습니다. 쓴 글의 줄 수가 점차 길어졌는데, 처음에는 14줄, 두 번째는 23줄, 세 번째는 31줄, 마지막은 37줄이었습니다. 줄 수가 늘었다는 것은 그만큼 글이 길어진 증거요, 생각이 깊어졌다는 증거인 것입니다.

그리고, 대화문이 들어간 횟수도 조사해 보니, 1회 때는 한 번, 2회 때는 세 번, 3회 때도 세 번, 4회 때는 다섯 번으로 늘어났습니다. 줄바꿔쓰기의 실태를 보면, 1회 때는 첫 칸만 비워놨을 뿐, 다른 데는 줄바꿔쓰기 한 곳이 한 군데도 없었는데, 2회, 3회, 4회로 나아갈수록 줄바꿔쓰기가 정확해져 갔습니다.

또, 1회 때의 글에는 설명이나 묘사 장면이 전혀 없었는데, 횟수를 거듭할수록 설명과 묘사를 한 장면이 점차 많아졌습니다. 그것은, 남이 잘 알 수 있게 글을 써야겠다는 상대의식相對意識이 점차 명확해졌다는 증거이고, 또, 표현기교가 늘었다는 증거이기도 한 것입니다.

그러나, '언제'를 나타내는 몇 년 며칠의 날짜는 글 첫머리에 나와 있지만, 심부름 갈 때의 '시간'은 3회 때까지도 안 씌어 있었습니다. 그런데 네 번째 글에서는 그 '시간'이 정확히 적혀 있었습니다. 한국 어린이들이 얼마나 시간관념이 없고, 문장을 정확하게 써야겠다는 생각이 부족한가를 보여 주는 대목인 것입니다. 그래도 차츰 깊은 잠에서 깨어나, 이만큼 실감나는 글로 다듬어 냈다는 것은 대단한 일입니다.

이렇게 한 편의 생활문을 글다운 글로 다듬는 데 무려 4개월이나 걸렸습니다. 시간도 많이 걸렸지만, 지도자의 지도방법 모색과 적절한 도움말 등의 노력도 이만저만 많이 든 게 아닙니다. 하도 어린이들의 글에 변화가 없고 문리가 빨리 안 터져서, 몇 번이나 도중에 포기해 버릴까 하는 생각도 해보았습니다.

이런 복잡하고 어려운 생활문 쓰기 과정을 거쳐 그대로 논설문 쓰기로 이어지고, 또, 그 생활문 쓰기의 기초실력이 바로 논설문 쓰기의 굳건한 바탕이 되어야 하는 법인데, 이런 생활문 쓰기의 기초 다지기 훈련도 없이, 무작정 논설문 지도한답시고 야단들이니, 제대로 될 턱이 있겠습니까? 글쓰기 전문가의 눈으로 보면, 참으로 가소롭기 짝이 없고, 정신 나간 사람들로밖에 보이질 않는 것입니다. 교육 당국자들은 나의 이 충고를, 폭탄선언으로 알고 아프게 받아들여야 할 것입니다.

퇴고과정 등, 생활문 쓰기에 대해 더 자세한 것을 알고 싶으신 분은, 내가 만든 《올바른 일기 쓰기 및 생활문 쓰기 지도는 이렇게》(온누리)를 참조하시기 바랍니다.

2. 쓰는 법도 모르는데
써 오라고만 하는 '독후감' 숙제

이 나라는 지금, 독후감 숙제 때문에 이만저만 시끄러운 게 아닙니다. 쓰는 법은 하나도 안 가르쳐 주면서, 학교에서 맨날 독후감을 써 오라고 강요하고 있기 때문입니다.

그러한 무조건적인 독후감 숙제는, 몽땅 어머니의 몫이 되고 맙니다. 그러면, 어머니들은 여기저기 구원의 손길을 찾아 헤맵니다. 그래서, 다급한 어머니들의 부름을 받아, 나도 어머니들과 어린이들에게 독후감 쓰는 법 강의를 많이 했습니다.

그런데, 문제는 독후감 쓰기가, 그렇게 하룻밤 사이에 쉽게 쓰이는 것이 아니라는 점입니다. 독후감은 글쓰기 지도단계의 마지막단계라, 국어과에 필요한 20여 가지의 기본학력 가운데, 독해력·주제파악력·구상력·문장력·원고지 쓰기 능력 등의 배움이 있어야만 비로소 가능한, 수월찮은 작업입니다. 그런데, 평소 국어과 시간에 마땅히 길러 놨어야 할, 그런 6가지나 되는 공부가 하나도 안 돼 있는 생다지 같은 어린이들에게, 그런 어려운 독후감을 갑자기 써 내라고 하니, 될 리가 있겠습니까? 어떤 신통한 재주가 있는 사람이라도, 그것은 불가능한 일입니다. 왜냐하면, 독후감 쓰기에 대한 기초가 하나도 안 되어 있기 때문입니다.

이 독후감 숙제 강요문제는 어제 오늘의 문제가 아니고, 자그마치 수십 년 동안 지속돼 온 뿌리 깊은 문제입니다. 독후감 쓰는 법도 문제겠지만, 더 근본적인 문제는, 독해력讀解力과 문장력文章力이 없어서 도저히 독후감을 써 낼 수가 없다는 사실입니다. 이 독해력과 문장력을 길러 놓지 못했다는 것은, 전적으로 학교가 책임을 져야 할 문제입니다. 10개 교과 가운데서 시간 배당이 가장 많아, 거의 날마다 국어시간이 없는 날이 없을 정도인데, 그 많은 국어시간에 뭘 했길래, 그렇게도 어린이들의 독해력과 문장력 하나 옳게 못 길러 놨느냐는 것입니다.

그리고, 또 한 가지 문제는, 교사들의 책임감 문제입니다. 어린이들에게 독후감 숙제를 내게 된 것은, 아마도 독후감 겨루기〔콘테스트〕에 내야 될 독후감이 갑자기 학교로부터 부과되자, 해결방법이 없어 무조건 숙제로 돌린 것 같은데, 그건 교사로서 절대로 해서는 안 될 무책임한 행동입니다. 숙제로 낼 것이 아니라, 독후감 지도의 좋은 기회로 삼고, 스스로 공부하고 연구하며 지도를 해서, 학급에서 해결했어야 할 문제입니다. 얼마나 실력이 없고, 자존심이 없길래, 학교에서 해결해야 할 문제를 가정학습으로 돌리느냐 말입니다.

그리고, 또 한 가지 문제는, 학부모 쪽의 대응태도에도 문제가 있습니다. 속으로는 불평을 그렇게 많이 하면서도, 왜 정면으로 나서서, 독후감 쓰는 법을 하나 안 가르쳐 주면서 무책임하게 숙제만 내느냐고, 정정당당하게 학교나 선생님에게 항의를 하지 못하느냐는 것입니다. 뒤에서 학부모들끼리 만나면, 별의별 불평을 다 말하면서도 말입니다.

하고 싶은 말이 목구멍까지 꽉 차올라 있지만, 행여나 자녀들이 손해 볼까 봐 차마 말하지는 못하고 있는 것입니다. 인터넷이나 이메일을 이용하는 방법도 있지 않느냐고 하면, 그것도 결국은 누가 했는지 다 알게 되기 때문에, 못한다고들 말합니다. 나는 학부모 상대 강의를 많이 하기 때문에, 학교와 담임에 대한 불평불만을 많이 듣습니다. 담임선생님의 실력문제에 대한 불만이 가장 많고, 그것이 지금 폭발 직전에 있다는 것을 교사들은 아셔야 할 것입니다.

결론적으로 말하자면, 독후감 문제로 세상을 시끄럽게 한 모든 책임은 학교 쪽에 있고, 그걸 해결 못하고 있는 근본원인도, 결국 교육자들의 연구부족과 실력부족에 있는 것입니다. 그러므로, 교육자들은 이번 기회를 계기로 대오각성해서, 근본문제 해결을 위해 혼신의 노력을 다해야 할 일입니다.

이 독후감 쓰기 지도 문제는, 참으로 어려운 문제입니다. 나도 현직에 있을 때부터 무려 60여 년 동안 고민해 온 문제라, 누구보다도 그 어려움을 잘 알고 있습니다. 한마디로 말하면, 어린이들이 독후감을 잘 못 쓰는 이유는, 국어교육과 글쓰기교육이 잘 안 돼 있어서 그런 것입니다. 그러니, 이 나라의 국어교육과 글쓰기교육을 근본부터 뜯어고쳐야 합니다. 앞에서도 거듭 말했지만, 국어과에는 해결해야 할 기본학력이 자그마치 20여 가지나 된다고 했는데, 독후감을 쓰려면, 그 20여 가지나 되는 모든 기본학력이 어느 정도 해결되어 있어야만 하는 것이니, 결코 쉽지 않은 작업입니다. 한평생을 연구해도 될동말동한 문제인데, 한국인으로서 한국말을 할 줄 아니까, 국어쯤은 가르칠 수 있겠지 하는 안일한 생각으로 덤비고들 있는데, 절대로 그렇게 간단히 해결될 문제가 아닌 것입니다.

막상 어린이들에게 독후감 쓰기 지도를 해보면, 문장력도 문제지만 더 큰 문제는 선정 작품을 옳게 소리 내어 읽지도 못할 뿐 아니라, 읽어도 내용을 제대로 잘 모르는 어린이가 수두룩하다는 사실입니다. 즉, 그 어디서도 학교에서 국어교육을 제대로 받은 흔적을 찾아볼 수가 없다는 것입니다. 참으로 비참한 일입니다. 그래서, 어쩔 수 없이 국어과 지도의 기초인 글 바르게 읽기, 낱말의 뜻 조사, 주제 붙잡기, 문단 나누기와 내용 새기기 등의 작업부터 하나하나 다시 '본격적'으로 시작해야 하니, 얼마나 고달프고 힘들겠습니까? '본격적'이란 말을 구태여 끌어 온 이유는, 어떤 일을 옳게 하려면, 그렇게 본질적·본격적으로 하지 않으면, 절대로 제대로 되는 일이 없기 때문입니다. 현장교육의 부실과 불철저를 너무도 잘 알고 있기에, 그런 본격적인 방법을 쓰는 것입니다. 또, 독후감 등의 글을 쓰려면, 이론만이 아닌 바로 당장 글로 쓰는 실용의 실력이 필요하기 때문에, 잔소리를 해 가며 글 하나하나를 확인하고 넘어가지 않으면 안 되는 것입니다. 그야말로 이를 잡듯 하는 구체적인 지도의 극치를 정성을 다해 실천해야 합니다.

다시 본론으로 돌아와, 어린이들이 작품을 읽어도 내용을 모르니, 감동이 생길 리가 없고, 감동이 없으니 어떻게 독후감을 쓸 수가 있겠습니까? 따라서 올바른 독후감을 쓰려면, 주제를 알고 감동을 느낄 때까지, 대상작품을 달달 외울 정도로 되풀이해 읽어야 합니다. 옛날부터 글을 백 번 읽으면, 뜻이 스스로 통한다고 했지 않습니까? 이야기 줄거리를 따라, 정경을 떠올리며 작품을 읽어 내려가다 보면, 반드시 이야기 속에 담긴 깊은 뜻이나 이야기의 재미를 강하게 느끼게 될 것입니다. 그렇게 느낀 감동을, 자꾸 누구에겐가 이야기해 주고 싶어, 입 밖으로 자꾸 튀어나오려고 하는데, 그런 경지가 되어야만, 비로소 독후감이 쓰이게 되는 것입니다. 다시 말하면, 독후감을 쓰려면, 주제와 대강의 줄거리와 느낌 등, 대상작품의 내용을 깡그리 파악하고 있어야 합니다. 그런데, 경인 지방 어린이들을 지도해 보면, 대상작품도 대강대강 읽어, 주제도 이야기 내용도 희미하게밖에 모르면서, 독후감 쓴다고 덤비는 수가 아주 많습니다. 그리하여,

문장력이 없어서 독후감을 못 쓰는 경우도 많지만, 독해력 부족으로 내용파악조차 하지를 못해, 독후감을 옳게 못 쓰는 경우도 아주 많습니다.

그런데, 서울 어머니들을 만나 보면, 자기 집 아이들이 제법 책을 많이 읽는다고 자랑을 더러 합니다. 하루에 15권씩이나 읽는다나요? 그래서, 막상 작품을 하나 골라 내용을 파고들어 물어 보면, 이야기가 막히고 마는 수가 아주 많습니다. 주제나 이야기 줄거리를 깊이 생각하며 읽은 게 아니고, 그림이나 보며 수박 겉핥기식으로 책장을 넘기고 말아서 그런 것입니다.

어린이들이 이렇게 된 데에는, 독해력을 못 길러 준 학교도 책임이 크지만, 자녀를 기르는 어머니들에게도 책임이 썩 많이 있습니다. 어머니들은 자녀들과 항상 가까이 있기 때문에, 책을 다 읽었다고 자랑을 할 때 그냥 넘어갈 것이 아니라, 반드시 "어디가 재미있었어?", "주인공은 어떤 사람이야?", "그 작품에서 무얼 느꼈어?" 하고 물어 봐야 하는 것입니다. 그러면, 아이가 책을 깊이 읽었나 안 읽었나를 알 수가 있고, 독해력이 있는지 없는지 금방 검증해 볼 수가 있을 것입니다. 그 결과를 가지고 학교에 실상을 이야기해, 독해지도의 철저를 요청한다든지, 글쓰기 전문가의 힘을 빌려 치료지도를 받는다든지 해야 할 것입니다.

그런데, 서울 어머니들은, 자녀의 장래를 좌우하는 독서지도 하나 옳게 못한 채, 무작정 학원으로 자녀를 내몰고 있을 뿐 아니라, 걸핏하면 미국 유학 타령만 늘어놓기 일쑤입니다. 마치 미국 유학만 가면 세상만사가 다 해결되는 것처럼 말입니다. 그뿐이 아닙니다. 그런 어머니들의 가정일수록 골프채나 스키 등 놀이기구는 많아도, 책은 별로 없기가 십상입니다. 주로 시리즈로 나온 책들뿐이고, 유명 출판사의 가치 있는 단행본은 별로 없습니다. 심지어 국어사전이 없는 집도 많습니다. 한자사전은 거의 없고요. 그걸 보면, 학부모들의 학식이나 연구심 부족을 금방 알 수가 있습니다.

그리고, 식물사전·나무사전·동물사전·곤충사전·백과사전 등을 갖추고 있는 가정도 거의 없습니다. 빨리 갖추라고 아무리 권해도, 차일피일 미루기가 일쑤입니다. 상업주의 부패문명에 젖어, 전통의 선비정신이 여지없이 무너져 버리고 없다는 것을 절감할 때가 참으로 많습니다.

여담이 많았는데, 그러면, 독후감을 어떻게 쓰이는 것이 가장 올바르고 효과적일까요?

첫째, 독후감을 쓰는 방식에는 어떤 고정 틀이 있는 것은 아닙니다. 다만 책을 읽고 깊이 느낀 주제나 감동을 중심으로, 그걸 자기 체험과 연결시켜 자기 느낌을 짜임새 있게 나타내면 되는데, 그 글 속에, '읽게 된 동기'나 '대강의 줄거리'나 '주제'와 '느낌' 등의 독후감 4대요소가 들어가 있으면 되는 것입니다.

둘째, 독후감 쓰기에서 가장 중요한 것은, 주제와 내용을 파악해 내는 독해력인데, 그 독해력 가운데서도 '그것'·'그때'·'거기'와 같은 '지시대명사指示代名詞(가리키는 말)'를 완전히 파악해 내는 힘이 있어야 합니다. 그런데, 어린이들은 국어시간에 그러한 독해에 대한 훈련을 하나도 받지 않았기 때문에, 지시대명사가 나와도 그걸 새겨 내지 못하고, 그냥 흐지부지 넘어가 버리는 것입니다. 그러면, 문장 내용을 완전히 파악하지 못했기 때문에, 정확한 주제파악에 실패하고 맙니다. 다음 예문을 이용하여, 밑줄을 쳐 놓은 지시대명사 새기기 연습을 한 번 해보시기 바랍니다.

한국 사람들

경북 경주 현곡 초등학교 4학년
김원영

저녁 9시에, '뉴스 센터'에서 하는, '카메라 출동'이라는 것을 보았다.

거기에는, 한국 사람들이 태국에 가서, '코브라탕'·'코브라뇌 소주'를 먹는다고 나왔다. 나는 속이 울렁거렸다. 한국 사람들이 그렇게 야만적인 줄은 몰랐다.

또, 서울 어디에서 '곰 쓸개즙 소주'라는 것을 파는 곳이 있다고 나왔다. 곰이 한 살일 때 배를 갈라, 쓸개에 호스를 연결시켜 끝을 마개로 막아 두고, 가끔 쓸개의 즙을 빼내서 소주와 같이 섞어서 먹는다고 했다.

그때, 곰에게 사탕을 주어 고통을 못 느끼게 하고, 사람들이 '쓸개즙 소주'를 웃으면서 마실 때, 곰은 죽는 고통을 느낀다고 나왔다.

'카메라 출동'의 기자 아저씨들이, 곰을 수술할 때 문을 열고 들어가서, 곰을 수술대에 눕히지도 않고, 그냥 땅바닥에 놓고 배를 갈라 수술하는 광경을 보여 주었다.

아버지께서 일을 마치고 돌아오셨을 때, 그 이야기를 하니, 아버지께서, 그 이야기와 비슷한 이야기를 들려 주셨다.

아버지께서 사우디아라비아에 계셨을 때, 그 나라 산에는 들개가 많았는데, 그 들개의 몸무게는, 50~60kg이라고 하셨다. 그런데, 우리나라 사람들이 그 들개를 잡아먹었다고 하셨다. 그것도 아주 멋지게 말이다.

낚싯대 끝 바늘에 돼지고기를 매달아 놓고, 들개가 와서 그것을 삼키면, 그 바늘이 창자 아니면 위장에 걸린다고 하셨다. 그럴 때 그 낚싯대를 세게 잡아당기면, 개는 아파서 죽는다고 하셨다.

나는, 한국 사람들이 그렇게 야만인인 줄은 몰랐다. 나는 커서, 그런 사람이 안 되겠다고 굳게 다짐했다. (1991)

셋째, 독후감을 쓸 때, 가장 먼저 써야 하는 것은, 그 책을 '읽게 된 동기'입니다. 그런데, 그 '읽게 된 동기'로 쓰거나, 책이름이나 출판사·지은이·책값 등을 문장으로 쓰려면 말이 길어지기 때문에, '《옛날이야기》(이영 글·예림당·4000원)'……, 이런 식으로 쓰면, 아주 편리할 것입니다.

넷째, 그 다음에 어려운 것은, '대강의 줄거리 쓰기'입니다. 자기가 읽은 작품 내용을 소개하려면, 이 '대강의 줄거리'를 써 넣어야 하는데, 그 작업이 그리 쉽지 않습니다. 그것은, 평소 국어시간에 긴 글을 줄여서 말하는, '요약력要約力'을 하나도 안 길러놔서 그런 것입니다. '대강의 줄거리'를 쓰려면, 누가·무엇을·언제·어디서·왜·어떻게 했다는 이야기라고, 뼈대만 간추려 쓰면 되는데, 글을 요약하는 훈련이 전혀 안 돼 있어서, 아무리 해도 잘 되질 않습니다.

그 안 되는 이유는 뻔합니다. 평소 국어시간에 으레 하는 '대강의 뜻(주제)' 붙잡기 학습을 안 했기 때문입니다. '대강의 뜻 붙잡기'는 국어시간에 새 단원이 나오면, 낱말조사가 끝난 뒤 으레 해야 하는 중요한 학습과정인데, 그걸 하지 않고 그냥 넘어가 버려서 그런 것입니다.

나도 교사 시절에 '대강의 뜻' 공부를 할 때, 국어책 새 단원의 글을 읽고, '대강의 뜻'을 무제공책에 5줄 이내로 줄여서 써서 나오라고 해놓고, 학급 전체 어린이들의 글을 점검해 본 적이 많았습니다. 어린이들이 5줄 이내로 줄여 쓰는 것을 아주 어려워했고, 머리의 좋고 나쁨을 지능검사를 하지 않고도 금방 알 수가 있었습니다. 머리가 좋은 어린이들은 물음의 여섯 가지 원칙에 따라 잘 요약해 나오는데, 머리가 덜 깨인 어린이들은 도저히 해내지를 못했습니다. 그만큼 글 요약하기가 어렵다는 것을 절실히 느꼈습니다. 그래서, 요즘 일본에서도 '대강의 줄거리' 쓰기를 빼 버리고, '가장 강하게 느낀 감동'을 중심으로 독후감을 짧게 쓰도록 하는 경향이 나타나고 있다고 합니다. 그러나, 요약력은 국어 학력에서 빼놓을 수 없는 것이기 때문에, '대강의 줄거리'를 독후감에서 빼 버리는 것은 해서는 안 될 일이라고 생각합니다.

다섯째, 그 다음에 아주 중요한 것이 '주제主題' 붙잡기입니다. 왜냐하면, 주제를 올바르게 붙잡아야지만, 올바른 독후감을 쓸 수가 있기 때문입니다. 그런데, 그 주제는 '대강의 줄거리'와 관련되어 있는 수가 많으므로, 문장의 중심어구中心語句(키워드)를 중심으로 간추려서 요약해 나가면, 쉽게 붙잡을 수가 있을 것입니다.

여섯째, 그리고, 독후감 쓰기에서 또 하나 쉽게 안 되는 것은, 바로 '느낌' 쓰기입니다. '독후감'이란 말 자체가 '책을 읽고 난 뒤의 느낌'을 말하는 것이니까, 독후감은 마땅히 책을 읽고 난 뒤의 '느낌'을 중심으로 써야 하는 것입니다. 보통 어린이들이 쓴 독후감을 보면, 대강의 줄거리를 쓴답시고, 그 이야기를 요약하지 못한 채 이야기를 그대로 질질 끌고 가다가, 맨 끝에 가서야 "참 재미가 있다.", "참 슬펐다." 등의 외마디 말로 느낌이랍시고 써 놓는 일이 참으로 많습니다.

이래 가지고서는 안 됩니다. 책을 읽으며 강하게 느낀 점을 몇 가지 찾아내, 왜 무엇을 어째서 강하게 느꼈는가를, 그 대목의 이야기를 인용해 가며, 자세히 써야 하는 것입니다. 그리하여, 독후감답게 느낌이 글 전체의 3분의 2 정도가 되도록 길고 자세하게 써야 하는 것입니다.

일곱째, 책을 읽고 느낀 것을 쓸 때에는, 자기 체험과 연관시켜 깨달은 것을 써도 좋고, 만약 내가 주인공이었다면 어떻게 했겠는가를 가상해서 쓰면 더욱 좋습니다. 그러면, 독후감 내용도 풍부해지고, 독후감 길이도 길어져서 좋을 것입니다.

쓰고 싶은 것은 많지만, 본보기 독후감 3편만 더 싣고, 나머지는 줄이겠습니다. 더 자세한 것은 온누리 출판사에서 나온, 《글쓰기 박사 되는 길》(상·중·하)이나, 《올바른 독후감 쓰기와 독해지도는 이렇게》란 책을 이용해 주시기 바랍니다. 더욱이 우리나라와 일본 어린이들의 실감나는 좋은 독후감이 많이 실려 있으니, 꼭 읽어 보시기 바랍니다.

〖틀에 박힌 독후감〗

'소금을 만드는 맷돌'을 읽고

서울 창일 초등학교 2의 2
정아인

나는, 외할아버지께 글쓰기를 배우고 있는데, 외할아버지께서 《옛날이야기》(이영 글·예림당·4,000원)를 읽어 보라고 하셔서 읽어 보니, 그중 '소금을 만드는 맷돌'이 가장 재미있었다.

이야기의 줄거리는 다음과 같다.

옛날에, 어떤 임금님이, 무엇이든 바라는 것을 말하기만 하면 척척 만들어 내놓는 신기한 맷돌을 가지고 있었는데, 어느 간 큰 도둑이 그 맷돌을 탐내어 훔쳤다. 그런데, 맷돌이 너무 무겁고 사람들 눈에 띄기도 쉬워, 바닷가로 가져가서 배를 한 척 훔쳐서 실었다. 제일 먼저 소금을 내놓으라고 하자, 소금이 마구 쏟아져 나왔는데, 그 욕심 많은 도둑은 부자가 될 생각에, 배가 기우뚱했는데도 계속 소금을 더 많이 나오라고 욕심을 너무 많이 부리다가, 배가 가라앉는 바람에 맷돌과 함께 바다 속에 빠져 죽었다는 이야기다.

느낀 점은 다음과 같다.

첫째, 나는 이 이야기를 읽고, 욕심을 너무 많이 부리면 안 되겠다는 것을 느꼈다. 왜냐하면, 도둑이 차라리 그 맷돌을 집으로 가져

가서 시험해 볼 일이지, 그 조그만 배 안에서 계속 소금을 내놓으라고 욕심을 너무 많이 부리다가, 결국 바다에 빠져 죽었기 때문이다. 정말 욕심이 많고도 어리석은 도둑이다.

나도 언젠가 학교에서 급식을 먹을 때, 욕심을 부려서 배가 아팠던 적이 있다. 맛있는 양념통닭이 나왔길래, 세 번씩이나 가지고 와서 다 먹었더니, 너무나 배가 아파 애를 먹었다. 그래서, 음식에 너무 욕심을 부려서는 안 되겠다는 것을 느꼈다.

둘째, 도둑은 정말 바보 같다. 배는 무거우면 가라앉기 마련인데, 계속 소금이 더 많이 나오라고 욕심을 너무 많이 부려, 소금이 가득 차 배가 기우뚱했는데도, 아랑곳하지 않고 욕심을 부린 도둑이, 정말 어리석고도 바보 같았다. 나 같으면 얼른 정신을 차리고, "그만 멈추어라." 하고 소리쳤을 텐데…….

나는, 도둑처럼 소금 같은 물건 때문에 목숨을 잃는 그런 어리석은 짓은 하지 않아야겠다.

셋째, 나도 가끔 집에서, 동생이 좋아하는 물건을 보면, 욕심이 나서 몰래 훔쳐서 동생을 울린 적이 있다. 하지만, 아무리 동생이 모른다고 해도, 동생의 것을 함부로 훔쳐서는 안 되겠다. 그리고, 도둑처럼 남의 것을 탐내거나 욕심을 내어서는 안 되겠고, 뭐든지 분수에 맞는 것만 가지는, 성실한 어린이가 되어야겠다.

넷째, 그런데, 임금님도 조금 이상한 데가 있다. 맷돌을 방 안이나 창고 같은 곳에다 두면, 아무 탈이 없었을 텐데, 왜 하필이면 연못

가에 놔두고, 지키는 사람도 없게 해 놓았는지 알 수가 없다. 연못가에 두면, 더 쉽게 잃어버릴 텐데……. 그리고, 방 안에 두면, 언제든지 금방 필요하면 편히 이용할 수가 있으니까, 더 편리할 텐데…….

다섯째, 도둑이 맷돌을 그대로 두고 도둑질을 안 했으면, 더 좋았을 것 같다. 그러면, 나라에 가뭄이 들거나 물난리가 나서, 쌀과 돈이 모자랄 때, '쌀 나와라!', '돈 나와라!' 해서 그것들을 피해 입은 백성들에게 나눠 주면, 백성들은 물론, 도둑도 쌀과 돈을 잔뜩 가질 수 있었을 것이다.

나는, 도둑처럼 그런 어리석은 짓은 안 할 거다. 오히려 반대로, 남의 물건을 훔치거나 욕심을 부리지 않는 사람이 되어야겠다. (02.11.17)

〖자유형 독후감〗

사랑스런 개구쟁이 '피노키오'를 읽고

서울 논현 초등학교 3학년

권성태

우리 형이, 학교에서 늘 '독서왕'으로 뽑혀, 나에게 좋은 책을 많이 빌려다 주었습니다.

그중에서 내 마음에 딱 드는 책이 몇 권 있는데, 오늘은 '피노키오'에 대해서 이야기하렵니다.

'피노키오'는, 읽을수록 킬킬킬 웃음이 샘솟습니다. 왜냐고요? 피노키오가 거짓말을 할 때마다 코가 쑥쑥 자라나거든요.

처음에는 나도 킬킬킬 마구 웃었지만, 나는 금세 얼굴이 빨개졌습니다. 얼마 전에, 아버지께 거짓말을 한 것이 생각났거든요.

껌을 씹다가 벽에 붙여 두었는데, 그것이 그만 아버지의 양복에 묻어 버렸어요. 나는 그때, 내가 붙여 놓지 않았다고 딱 잡아떼었죠.

그런데, '피노키오'를 읽다 보니까, 그것이 마음에 걸려요. 그래서, 나도 모르게 슬그머니 내 코를 만져 보기도 했답니다.

아무튼, 지금도 거짓말을 하는 사람의 코가 자란다고 하면, 아마 아무도 거짓말을 할 수가 없겠죠?

또, 피노키오는 공부는 하기 싫어하고 놀기만 좋아했습니다. 놀기

만 좋아하는 아이는, 병에 걸리거나 감옥에 갇히거나 한다고, 귀뚜라미가 말해 주니까,

"미운 귀뚜라미, 듣기 싫다!"

하면서, 장도리로 귀뚜라미를 때려 죽였습니다.

그렇지만, 마음씨 착한 귀뚜라미는, 선녀의 도움으로 다시 살아났으며, 그 뒤에도 여러 번 피노키오를 도와 줍니다. 얼마나 아름다운 마음씨입니까?

그리고, 피노키오의 아버지 제페트 씨도, 참 마음씨 좋은 사람입니다. 피노키오가 태어나면서부터, 코를 달고 거리로 뛰어나가 소란을 피웠기 때문에, 제페트 씨는 경찰에 붙들려 갔다 옵니다.

그러나, 제페트 씨는 피노키오를 얼싸안고 울면서, 하나밖에 없는 윗도리를 팔아, 피노키오에게 책을 사 줍니다. 그러나, 피노키오는 금세 마음이 변해, 그 책을 팔아서 서커스 구경을 하지요. 얼마나 못된 아이입니까? 옆에 있으면 콱 쥐어박아 주었으면 좋겠습니다.

또, 피노키오는 욕심꾸러기예요. 서커스단 주인에게서 얻은 동전 다섯 닢을, 천 배나 늘릴 수 있다는 여우와 고양이의 속임수에 빠져, 돈도 다 빼앗기고 밧줄에 목이 매달립니다.

그러나, 선녀의 도움을 받아 다시 살아나고, 아버지도 곧 만나게 되어 있는데, 피노키오는 잠시를 더 참지 못하고, 또 장난감 나라로 떠나갑니다.

공부를 하지 않고 놀기만 한다는, 달콤한 친구의 꾐에 빠져, 피노키오가 마차에 올라탈 때, 나는 주먹으로 방바닥을 쳤습니다.

"바보, 바보, 피노키오는 바보야! 그렇게 예쁘고 마음씨 고운 선녀님과의 약속을 잊어버리고, 또, 그렇게 그립던 아버지를 만나게 되어 있는데, 그걸 알면서도 떠나는 피노키오는 참 얄미워."

나는, 그만, 나도 모르게 눈물이 왈칵 솟았습니다.

장난감 나라에서 당나귀가 되어 팔려 간 피노키오는 온갖 고생을 다 합니다. 간신히 바다로 도망쳐 나와 헤엄치던 피노키오는, 이번에는 상어에게 잡아먹힙니다.

그러나 상어 뱃속에서 뜻밖에도 아버지를 만납니다. 아버지와 함께 육지로 도망쳐 나온 피노키오는 귀뚜라미의 도움으로 다시 선녀를 만납니다.

모든 것을 뉘우치고 착한 어린이가 된 피노키오는, 열심히 일하고 공부하여, 인형이 아닌 진짜 씩씩한 소년이 되었습니다.

나는 이 책을 읽고, 거짓말을 하거나, 공부를 하기 싫어해서는 안 되겠다고 생각하였습니다.

나는, '피노키오'를 다시 한 번 읽어 봐야겠습니다.

〖논술형 독후감〗

'불쌍한 코끼리'를 읽고

일본 도쿄 3학년
나카무라 아키오

아직 전쟁을 하고 있을 무렵, '우에노 동물원'에 '존', '동키', '원리'라는 코끼리가 있었습니다.

만일 폭탄이 동물원에 떨어져 동물원 우리가 부서져서, 사나운 동물들이 난폭하게 굴면, 큰일이라고 생각했기 때문에, 곰·사자·큰 뱀 등을 곧 독이 든 먹이나 주사로 처분해 버렸습니다. 나는, 아무리 사나워도 살려 주었더라면 좋았을 텐데, 하고 생각했습니다.

다음으로, 세 마리의 코끼리를 죽이라고 했습니다. 처음에, 난폭자인 '존'부터 죽이기로 했습니다.

독이 든 먹이인 감자를 주니, 먹으려고 했지만 내던져 버렸습니다. 처음에 나는, '존'이 이대로 죽어 버리는 것이 아닐까 하고 생각했지만, 죽지 않았기 때문에 잘 되었구나 하고 생각했습니다. 그러나, 먹이를 주지 않으니까, 13일 만에 죽어 버려서 아주 불쌍했습니다.

다음은, '동키'와 '원리'의 차례입니다. '동키'도 '원리'도 먹이를 주지 않고 있었습니다. 그러자, 점점 말라 빠져 눈이 튀어나와서, 귀만이 크게 보이게끔 되었습니다.

어느 날, 코끼리 담당자(사육사)가 우리를 보고 있으니, '동키'와

'원리'는 재주를 시작하는 것이었습니다. 나는 그때, 두 마리의 코끼리는 위대하다고 생각했습니다. 내가 만일 두 마리 중의 어느 쪽이었다면, 도저히 재주 같은 것은 부릴 수가 없기 때문입니다. 그래도, 없는 힘을 쥐어짜서 재주를 부린 코끼리의 심정을 생각하니, 눈물이 나왔습니다. 코끼리 담당자도, 이젠 더 참을 수가 없어 먹이를 주고 말았습니다. 그때의 아저씨 심정은, 아주 괴로웠을 것이라고 생각합니다.

그 후, 결국 '동키'는 20 며칠 만에, '원리'는 10 며칠 만에, 죽어 버렸습니다. 벌써 나는 울고 싶도록 슬퍼졌습니다. 한번 '우에노 동물원'에 가서, '원리'와 '동키'와 '존'의 무덤을 어루만져 줄 생각입니다.

전쟁은, 코끼리뿐만 아니라, 사람도 죽입니다. 전쟁은 싫어요. 내가 할 수 있다면, 다른 전쟁도 그만두게 하고 싶습니다.

'원리'나 '동키'나 '존'을 죽인 사람은 동물원의 아저씨들이 아니라고 생각합니다. 그것은, 전쟁을 시작한 사람들이나, 그만두게 하려고 하지 않았던 사람들이라고 생각합니다. 그 전쟁 때문에, 많은 사람과 동물들이 많이 죽었습니다. 나는, 참으로 불쌍하다고 생각했습니다.

이제부터라도, 전쟁이 없는 평화스런 세상이었으면 좋겠구나 하고 생각합니다.

3. 원고지 쓰기 지도는 빠를수록 좋다

원고지 쓰기에 대한 말이 많습니다. 초등학교에서는 언제부터 가르쳐야 하는지, 몇 장 정도 씌어야 하는지 등을 몰라서, 그런 것입니다.

그 원고지 쓰기는 아주 중요한데, 교육과정 만드는 사람들 가운데 글쓰기 지도 전문가가 한 사람도 없어서 그런지, 아무데도 명확하게 원고지 쓰기 지도를 어떻게 하라고 밝혀 놓은 데가 없습니다.

다만, 옛날 쓰기책에는, 4학년 교과서에 원고지 쓰기가 나와 있었고, 지금 것에는 5학년 2학기 책에 나와 있다고 합니다. 4학년, 5학년은 늦어서 안 됩니다. 왜냐하면, 1학년 때부터 글을 써 내야 할 일이 많은데, 그때마나 글은 원고지에 써야 하기 때문입니다. 내가 글쓰기 지도를 해본 경험에 따르면, 원고지 쓰기 지도는 빠를수록 좋고, 200자 원고지 다섯 장 정도 쓰도록 하는 것이 가장 알맞다고 생각합니다. 왜냐하면, 적어도 200자 원고지의 다섯 장 정도는 써야 내용이 있는 글이 되기 때문입니다. 뒤에 제시한 원고지 쓰기 요령을 따른다면, 1학년 2학기부터도 충분히 가능하다는 것을 알게 될 것입니다.

또, 왜 원고지 쓰기가 빠를수록 좋으냐면, 어린이가 원고지 쓰는 법을 완전히 알게 되면, 어린이들에게 일대 정신혁명이 일어나게 되기 때문입니다. 원고지 쓰기가 빠를수록 좋은 이유를 들어 보면, 다음과 같습니다.

첫째, 원고지 쓰는 법을 알게 되면, 자신감이 생깁니다. 자기 작품을 원고지에 다섯 장 정도 써서 통과가 되면, 그렇게 좋아할 수가 없습니다. 왜냐하면, 원고지 쓰기까지 성공하려면, 문장 내용은 물론, 맞춤법이며 띄어쓰기 및 문장부호 바르게 찍기·줄 바꿔쓰기·대화문 쓰기 등, 넘어야 할 어려운 고비가 너무도 많기 때문입니다. 한 작품 가지고 그 어려운 고비를 다 넘으려면, 다시 고쳐 쓰고 하느라, 보통 두세 달이 걸리는데, 어린이가 거의 파김치가 될 정도로 지칠 때도 많습니다. 그러나, 그렇게 힘은 많이 드는데도, 어린이들이 싫다고는 하지 않습니다. 왜냐하면, 전부가 난생 처음 새로 해보는 것이고, 처음으로 듣는 소리이기 때문에, 흥미가 있어서 그런 것입니다.

그 고비를 넘기고 통과가 되면, 나는 많은 칭찬을 해주고, 어머니를 불러 아이에게 맛있는 것도 사 주고, 집에서 한바탕 축

하파티도 열라고 합니다. 정말로 그럴 만한 가치가 있는 것입니다. 나는 한 작품 가지고 끝까지 물고 늘어지는데, 그렇게 한 번 작품을 가지고 갈고 다듬고 해서 완성시키고 나면, 그 경험이 다음 작품으로 전이轉移, transfer가 되어, 글을 더 잘 쓰게 됩니다. 말하자면, 어린이와 하는 끈기싸움인데, 그러고 나면, 어린이들에게 끈질긴 근성 곧 끈기도 생기게 됩니다. 그리고, 사물이나 세상일을 깊고 야무지게 살피게도 됩니다. 말하자면, 그 어린이에게 일대 정신혁명이 일어나게 되는 것입니다.

둘째, 원고지 쓰기를 하면, 문법의식文法意識이 생긴다는 것입니다. 여태까지는 맞춤법이나 띄어쓰기 같은 것 상관하지 않고 아무렇게나 썼는데, 원고지에 글을 쓰다 보면, 맞춤법이나 띄어쓰기의 법칙에 맞게 쓰지 않으면 안 되기 때문에, 자연히 문법의식이 싹터 글을 바르게 쓰게 됩니다.

어린이들이 원고지에 글을 쓸 때 부딪히는 맞춤법과 띄어쓰기의 장벽은, 바로 '문법 장벽'이란 것을 깨닫게 됩니다. 그래서, 원고지에 글을 쓸 때면 의문투성이라서 물으러 올 때가 많습니다. 그러면, 국어책을 보거나 문집을 보고, 스스로 해결하라고 합니다. 그러면서 바로 정답을 가르쳐 주는 것이 아니라, 왜 띄어 써야 하는지를, 학년 정도에 맞게 문법적으로 설명을 해서 이해를 시키기도 합니다. 중학교에 가서 국문법을 정식으로 배우면 알게 될 테니, 지금은 눈으로 익혀서 외우라고 합니다. 그러면, 초등학교 1학년 어린이도 직관적直觀的으로 문법에 대한 문리가 터지게 되어, 거의 글을 틀리지 않게 쓰는 어린이도 많이 나타나게 됩니다. 왜냐하면, 초등학교 1학년 어린이는 아직 논리적論理的인 사고는 발달되지 못한 대신에, 직관력直觀力은 어른들보다 더 발달해 있어서, 그 날카로운 직관력으로 아무리 어려운 문제도 다 꿰뚫어 보고, 이치를 빨리 깨닫게 되기 때문입니다.

그런데, 그런 저학년 어린이들에게 맞춤법과 띄어쓰기를 지도할 때 가장 중요한 것은, 교사가 문법을 완전히 알고 있어야 한다는 것입니다. 그래야 어린이들이 몰라서 문제를 제기했을 때, 그 어린이의 학년 정도에 맞게 문법적으로 권위 있게 설명을 해 줄 수가 있기 때문입니다. 그렇게 해서, 새로 나온 맞춤법이나 띄어쓰기 문제는, 반드시 그때그때 완전히 이해가 되도록 하는 '완전학습完全學習' 방식을 취해야 합니다. 그렇게 완전학습 방식을 취해서, 맞춤법이나 띄어쓰기에 대한 지식을 완벽하게 쌓아가게 되면, 진짜 국어실력이 야무지게 붙게 되기 때문입니다.

나중에 학년이 올라가면 자연히 알게 되겠지 하고, 절대로 미루어서는 안 됩니다. 그렇게 뒤에 어떻게 되겠지 하고, 여태껏 흐지부지 하고 말았기 때문에, 요 모양 요 꼴로 어린이들이 국어책도 하나 옳게 못 읽는 지경에까지 이르고 만 것입니다. 이건 모두 교사들의 책임입니다. 교사가 문법을 몰라서, 그렇게 된 것입니다. 교사의 무관심과 무성의가, 그렇게 어린이의 장래를 망치고 만 것이지요. 그러므로, 초등학교 교사는 문법은 물론이고, 국어과 지도이론으로 완전무장이 돼 있어야 하는 것입니다.

셋째, 원고지 쓰기를 하게 되면, 말따옴표를 사용한 '대화문'을 넣어서, 글을 쓸 줄 알게 됩니다. 이 대화문을 넣어서 쓰는 법을 알게 된다는 것은 굉장한 발전이고, 일대 성공인 것입니다. 그러므로, 내가 만든 글쓰기 이론서인, 《글쓰기 박사 되는 길》(온누리)에 그 지도법을 상세히 설명해 놓았으니, 연구를 많이 해서, 어린이들이 글을 쓸 때의 최대 장벽을 하나하나 해결해 주도록 하기 바랍니다.

일본 어린이들이 쓴 글을 보면, 대화문을 넣어서 쓰는 법에 대한 지도가 완벽하게 잘 되어 있어서, 글의 거의 반 정도가 대화문일 정도로 대화문이 많아, 주인공의 성격이나 문제상황이 잘 나타나 있어, 글의 내용이 그림처럼 선명하게 떠오르기 때문에 글이 아주 실감이 나서 좋습니다. 그러나, 우리나라 어린이들이 쓴 글을 보면, 대화문이 거의 없어, 등장인물들이 모두 벙어리처럼 되어 있어, 읽어도 재미가 없습니다.

살아 있는 글이 되게 하려면, 대화문을 많이 넣어서 쓰도록 해야 하고, 대화문을 넣어서 쓰되, 대화자의 말투나 사투리 그대로 인용해야 된다는 것을 명심해야 합니다. 그리고, 달랑 대화문만 써 놓고, 누가 어째서 어떤 표정으로 그렇게 말했는지에 대한 설명이 하나도 없는 경우가 있는데, 반드시 대화문 앞뒤에 설명을 넣어서, 남(독자)이 잘 알 수 있게 쓰도록 지도해야 할 것입니다.

넷째, 원고지 쓰기를 하면, 문장부호 찍는 법도 바르게 알게 될 뿐 아니라, 바른 사용법도 잘 알게 됩니다.

흔히 쓰는 문장부호는, '반점〔쉼표(,)〕'·'온점〔마침표(.)〕'·'큰따옴표(" ")'·'작은따옴표(' ')'·'말없음표(……)' 등입니다. 어린이들이 보통 때 문장부호를 찍어 놓은 걸 보면, 바르게 찍지 않고 아무렇게나 찍어 버리거나, 마침표(온점) 등을 안 찍고 넘어가 버리는 수도 많습니다. 그러면, 문장이 어디서 끝났는지 따위를 전혀 알 수가 없습니다. 왜 어린이들이 문장부호를 아무렇게나 찍어 버리느냐 하면, 문장부호는 글자가 아니라고 생각하고 있기 때문이고, 또, 문장부호의 중요성을 아무도 지도해 주지 않아서 그런 것입니다.

그리하여, 문장부호도 글자라고 생각하고, 소중히 여기고 바르게 눈에 잘 띄게 찍으라고, 지도를 해야 합니다. 문장부호가 명확하고 바르게 찍혀 있으면, 글의 구성을 빨리 이해할 수가 있고, 글이 어디서 시작해서 어디서 쉬고, 어디서 끝나는지를 일목요연하게 알 수가 있어, 빨리 읽을 수 있다는 것을 철저히 이해시켜야 할 것입니다.

다섯째, 어린이들이 원고지 사용법을 알게 되면, 출판문화 일반에 대한 것도 빨리 알게 되어, 시야도 넓어지고 해서 자신감을 갖게 되는 것입니다.

앞에서도 말했듯이, 자기 작품을 원고지에 쓰는 작업이 완벽하게 끝나고 나면, 나는 아이들 어머니를 불러, 아이가 대학을 졸업한 것과 같은 큰 공부를 했으니, 칭찬을 많이 해주고, 맛있는 것도 많이 사 주라고 합니다.

그렇습니다. 원고지 사용법을 완전하게 터득하고 나면, 어린이들이 그렇게 좋아하고, 자신 있어 할 수가 없습니다, 어린이의 생각이 한 단계 뛰어오르게 된 것입니다. 시쳇말로 업그레이드 된 것입니다. 일대 정신혁명이 일어나게 된 것이지요. 그래서, 원고지 쓰기는 빨리 할수록 좋다는 것입니다.

그런데, 그 복잡하고 어려운 것을 어떻게 초등학교 1학년 어린이들에게까지 지도할 수가 있을까 하고, 의문을 가진 분이 더러 있을 것입니다.

그러나, 뒤에 제시한 지도법을 따르면, 별 어려움 없이 어린이들이 빨리 터득하게 된다는 것을 알게 됩니다.

바르고 빠른 원고지 쓰기 지도법은 다음과 같습니다.

첫째, 원고지 사용법 익히기는, ① 본보기글 베껴쓰기, ② 응용 생활문 원고지에 옮겨 보기, ③ 자기의 생활문 원고지에 쓰기 등의 세 단계를 밟으면, 쉽게 이해할 수 있게 될 것입니다.

둘째, ①의 '본보기글 베껴쓰기'는 앞에 든 〈보기 I〉의 본보기글을, 그대로 200자 원고지에 베껴 쓰면 됩니다. 그 본보기글은, 옛날 쓰기 교과서에 실려 있었던 것인데, 합리적이어서 그대로 사용하고 있습니다.

베껴쓰기 할 때는, 무조건 베껴 쓰라고 하지 말고, 먼저 '운동회날'을 한 번 읽혀서, 글의 내용을 이해시켜야 합니다. 그리고, 제목과 이름 쓰는 법이나, 제목과 본문을 한 줄 띄어서 구별하는 이유나, 문장부호 찍는 법이나, 줄바꿔쓰기 등에 대한 설명을 충분히 지도하고 난 뒤, 베껴 쓰도록 해야 합니다. 본보기글 그대로 궁체로 쓰도록 하고, 글자의 획이 선 밖으로 튀어나오거나 선에 걸리지 않도록 쓰며, 문장부호 찍는 위치도 정확히 찍도록 지도해야 합니다.

그리고, 어떤 사람들을 보면, 원고지 쓰기에 무슨 법칙이라도 있는 것처럼 권위를 부리기도 하며, 괜히 어렵게 가르치기도 하는데, 절대로 그래서는 안 됩니다. 원고지 사용법은 무슨 법칙이 있는 게 아니고, 눈에 잘 보이게 하고 읽기 쉽게 하려고, 그렇게 모두가 약속한 것이라는 것을 잘 이해시켜야 합니다.

원고지 첫줄과 제목과 본문 사이를 한 줄 비우는 것은, 눈에 잘 띄게 하고, 또, 구별지으려고 그렇게 한 것이라는 것을 잘 이해시키고, 또, 그렇게 잘 따라 하도록 지도해야 합니다. 그리고, 제목과 소속 학교 이름과 학년 반은, 그 줄의 중간에 오도록 글자 수를 세어 보고 잘 계산해서 써넣도록 지도하고, 이름은 다음 줄에 쓰되, 오른쪽을 두 칸 정도 비우는 것이 보기에 좋다고 지도하면 될 것입니다. 또, 학년과 반 이름을 '3의 2'로 쓰는 것은, 글자 수를 줄이기 위한 것입니다.

그런데, 본보기글의 제목 '운동회날'을 자세히 보면, 그 줄의 중간에 씌어 있지 않고, 왼쪽으로 한 칸 치우쳐 있습니다. 그러니, 제목을 쓸 때 여덟 번째 칸부터 써 나가도록 하라고 지도해야 할 것입니다.

그리고, 본문을 쓰기 시작할 때 한 칸 비우는 것은, 글이 어디서부터 시작되는가를, 빨리 눈에 띄도록 하기 위한 것이라는 것을 잘 이해시켜야 합니다.

또, 줄바꿔쓰기를 할 때나 대화문을 쓸 때 한 칸 비우는 것도, 단락이나 대화문을 구별하기 쉽도록 하기 위해 비우는 것이니, 잘 지키도록 지도해야 합니다. 그리고, 줄바꿔쓰기를 할 때는, 앞의 글과 내용이 다르고, 시간과 장소가 바뀌거나, '그리고·그러나·그런데·또' 같은 잇는 말이 들어갈 때 등, 필요할 때 줄을 바꾸고, 필요 없을 때는 이어서 써야 한다고 가르치면 됩니다.

그리고, 대화문 쓸 때 틀리기 쉬운 것은, 대화문이 다음 줄로 이어질 때, 왼쪽 한 칸 비우고 쓰는 것을 깜빡 잊고, 안 비우고 쓰는 경우가 많은데, 정확하게 한 칸 비우고 쓰도록 되풀이해서 지도해야 할 것입니다.

그리고, 대화문이 끝나고, '라고'나 '하고'를 쓸 때, 한 칸 비우고 쓰는 경우가 아주 많으니, 반드시 비우지 말고 왼쪽에 붙여 쓰도록 지도를 잘 해야 할 것입니다.

또 한 가지, 어린이들이 잘 틀리는 경우는, '띄어쓰기'를 한다며 원고지의 첫칸을 비우는 경우입니다. 줄을 바꾸면, 한 칸 비우는 턱이 되므로, 정식 줄바꿔쓰기나 대화문이 아니면, 절대로 원고지 첫칸을 비우지 말라고 잘 지도해야 합니다.

끝으로, 원고지 각 줄의 마지막 칸, 즉, 20번째 칸에서 '반점'(쉼표)이나 '온점'(마침표)이나 '따옴표'를 찍어야 할 때, 글자를 작게 쓰고, 바로 그 옆에 문장부호를 찍으라는 것입니다. '만,'·'다.'·'다."'처럼 말입니다.

둘째, ②의 '응용 생활문 원고지에 옮겨 보기'는, 〈보기Ⅱ〉의 '고마우신 아버지'란 글을, '운동회날'을 베껴 써 본 경험을 살려 쓰되, '운동회날'을 베껴 쓴 원고지를 보아 가며, 원고지 사용법에 맞게 써 보게 하는 작업입니다. 말하자면, 이 작업은 '운동회날'을 그대로 베껴 쓴 작업의 응용문제인데, 머리가 영리하고 주의력이 있는 어린이는, 1학년이라도 한 군데도 틀리지 않고, 완전하게 써 내기도 합니다. 그러나, 주의력이나 사고력이 아직 모자란 어린이는, 몇 번의 시행착오 끝에 마침내 맞게 써 내기도 합니다.

가장 많이 틀리는 것은, 제목과 본문 사이를 한 줄 띄어서 쓰는 경우입니다. 대부분 안 띄우고 그냥 붙여서 써 버리는 수가 아주 많습니다.

그리고, 많이 틀리는 곳은, '어머니께서 우산을 가지고 오시겠지, 뭐.'라고 써야 할 대목인데, 문법적으로 많이 생각을 해야 할 부분이라서 그렇습니다.

또, 많이 틀리는 곳이 '말줄임표'가 있는 부분인데, '가지고 나오셨는데…….'라고 써야 할 것을, '가지고 나오셨는데.......'하고, 말줄임표를 칸 가운데 찍지 않고, 아래쪽에 찍은 거라든가, 또는, '가지고 나오셨는데……'하고, 마침점을 안 찍은 거라든가, '가지고 나오셨는데……….'하고 너무 길게 찍는 경우도 많이 있습니다.

그리고, 말줄임표를 찍을 때, 한 칸에 꼭 점을 세 개 찍어야 하느냐고 묻는 어린이도 많습니다. 세 개 찍는 게 적당해 보여서 세 개 찍는 것이지, 네 개 찍어도 되고, 다섯 개 찍어도 아무 상관이 없는 것입니다.

셋째, ③의 '자기 생활문 원고지에 쓰기'는, 원고지 사용법의 완성단계인 것입니다. 그런데, 이 자기 작품을 원고지에 쓰기 단계에까지 가려면, 생활문의 초벌쓰기 단계에서 여러 번의 시행착오 단계를 거쳐야 하는 관계로, 한두 달이 걸리기 때문에, 미리 익혀 둔 원고지 사용법을 다 잊어버리는 수가 많습니다. 그래서, 자기 생활문을 원고지에 옮겨 쓸 때는 '운동회날'을 베껴 쓴 거나, '고마우신 아버지'를 옮겨 쓴 원고지를 옆에 놔두고, 보고 연구해 가며 쓰도록 해야 합니다.

그리고, 자기 생활문의 초벌쓰기를 원고지에 옮겨 쓸 때에는, 초벌쓰기 그대로 옮기지 말고, 초벌쓰기에 써 놓은 글을 몇 번이고 소리 내어 중얼거려 보고서, 마음에 안 드는 곳은 고치기도 하면서 원고지 쓰기를 하는 것이 좋습니다. 사실 이 대목이 바로 글을 고치는 '퇴고과정'이기도 한데, 글쓰기에서 아주 중요한 대목이기도 합니다. 이 원고지 쓰기 과정이 아니면, 글을 되씹어 음미하거나 글을 고치는 퇴고작업은, 도저히 해볼 수가 없는 아주 귀중한 작업입니다. 이 작업은 참으로 어렵고 까다로워, 생각을 많이 필요로 하는 어려운 작업이기도 합니다.

그러나, 글을 고치면서 원고지에 옮기는 작업을 거치고 나면, 사고력·문장력·퇴고력·표현력·창의력 등이 굉장히 발달하게 됩니다. 이 글쓰기의 원고지 쓰기 단계 이상 사고력·창의력·상상력을 길러 주는 작업은 이 세상 아무데도 없을 것입니다. 그런데, 이렇게 생활문을 창작해서, 원고지에 옮겨 써 보는 소중한 작업은 한 번도 실천 해보지 않으면서, 모두들 엉터리 논설문 구호만 외치고 있으니, 어떻게 진짜 문장력이 붙을 수가 있겠느냐는 것입니다.

그리고, 어느 초등학교 교사는, 앞으로 어린이들이 자라면 워드로 A4용지에 글을 쓰기 때문에, 원고지 사용법을 가르칠 필요도 없고, 힘들여 손으로 곧 육필로 글을 쓰는 작업은 할 필요가 없다고 말한다고 합니다. 참으로 가소로운 일이 아닐 수 없습니다.

교육과정에 엄연히 원고지 쓰기 지도가 나와 있고, 수능에서도 논설문은 워드로 치지 않고 반드시 육필로 원고지에 쓸 것을 요구하고 있습니다. 육필로 쓴 원고라야 그 사람의 진짜 실력을 알 수 있고, 심지어는 그 사람의 인품이나 성격까지도 글씨체를 통해 살필 수가 있기 때문에 그런 것입니다.

그런 얼빠진 컴퓨터 만능주의자들의, 사랑이 하나도 없는 수박겉핥기식 기계 의존 교육 때문에, 실력 없고 정서가 메마른 병든 어린이들만 마구 양산하고 있어 큰일입니다.

이런 정신 나간 교사가 수두룩한데도, 그것 하나 바로잡지 못하고 있으니, 이 나라의 학교 관리자나 교육행정 당국은 도대체 무얼 하고 있는 것일까요?

자기 생활문을 원고지에 옮기기 작업은, 단 한 번으로 끝나 버리면, 절대로 글쓰기 실력이 늘지 않습니다. 어린이가 써 온 원고지를 반드시 읽고, 맞춤법이나 띄어쓰기나 문장부호 찍기가 잘못된 곳과 표현이 잘못된 곳은, 지적해 주어 고치도록 하고, 그래서, 원고지가 지저분해지면, 또 한 번 고쳐 쓰도록 하는 것이 좋습니다.

그리고, 어린이들은 원고지 쓰기가 끝나면, 해방감 때문에 다시 한 번 읽어 보지도 않고, 선생님한테로 자랑 삼아 곧장 뛰어나오는 수가 많은데, 절대로 그래서는 안 됩니다. 반드시 다시 한 번 읽고 고친 뒤, 이만하면 되겠다 싶을 때, 가지고 나오라고 가르쳐야 합니다. 왜냐하면, 자기 스스로 읽고 고치지 않은 원고지에는, 너무도 틀린 곳이 많아, 교사가 시끄럽게 지적해 주면, 자존심이 상해서 글쓰기에 대한 흥미를 잃을 수도 있기 때문입니다.

사실 어린이들이 원고지에 써서 나온 글을 보면, 초벌쓰기 할 때, 교사가 읽어 보고 많이 고치도록 했지만, 문장력의 기초 다지기 작업이 너무도 안 돼 있는 관계로, 미숙한 데가 한두 군데가 아닌 것입니다.

그래서, 자기 스스로 글을 고치라고 하지만, 그럴 만한 글쓰기 능력이 없어, 못 고치고 그대로 내놓는 수가 아주 많습니다. 그러면, 할 수 없이 선생님이 어린이와 함께 어린이 글을 읽어 가며, 같이 글을 고쳐 나갈 수밖에 없게 됩니다.

그렇게 하면, 어느 정도 글도 다듬어지고, 그 과정을 거쳐 글 고치는 법과 글 다듬는 법도, 어느 정도 터득하게 될 것입니다.

글쓰기 지도과정이란, 이만큼 힘들고 어렵고, 구체적으로 파고들어야 하는, 아주 섬세한 과정인 것입니다.

또, 문법 등 전문지식이 많이 있어야만 가능한 일이라, 힘이 들어 도중에 포기해 버리는 수도 많습니다. 그러나, 글쓰기 능력을 향상시켜, 사람다운 사람으로 어린이를 키우려면, 이런 고역의 과정을 밟지 않으면, 절대로 불가능한 일인 것입니다.

그런데, 글쓰기 지도과정을 한 번도 경험해 보지도 않은 사람들이 높은 자리에 앉아서, 말만 하면 금방 어린이들이 글을 척척 써 낼 수 있는 걸로 착각하고, 논설문 나팔만 불고 있는 것입니다. 마치 "돈 나와라 뚝딱!" 하고 외치면 돈이 금방 나오는, 도깨비 방망이라도 쥐고 있는 것처럼 말입니다.

그러나 글쓰기가 절대로 그렇게 손쉽게 되는 게 아닙니다. 올바른 글쓰기 지도를 한 번도 안 해봤기 때문에 그런 얼토당토 않는 허튼소리를 하는 것입니다. 절대로 그들의 허튼소리에 따라서는 아니 될 것입니다. 이런 것은 철두철미 반대하고 나서야 할 것입니다. 그들의 논설문 교육 이론은 아무 논거도 없는 탁

상공론이기 때문입니다.

아무튼, 원고지 사용법 익히기는 빠를수록 좋습니다. 어린이들이 원고지 사용법을 몰라, 초등학교의 모든 학습활동이 올스톱돼 있다고 해도 지나친 말이 아닙니다. 원고지 장벽에 가로막혀, 아무런 훈련활동도 못한 채, 어린이들이 모두 벙어리가 다 돼 가고 있습니다. 그 숨통을 트기 위해서도, 교육과정 운운하지 말고, 빨리 정면돌파해 나가도록 해야 하겠습니다. 그리하여, 가슴에 맺힌 이야기를 척척 다 털어내 놓을 수 있는 깨어 있는 어린이가 될 수 있도록 해주어야 하겠습니다.

4. 아니, 국어책을 학교에 놔두고 다니라니……

며칠 전에 내가 당한, 참으로 어처구니없는 일을 하나 소개하겠습니다.

2010년 4월 6일, 서울 모처에서, 초등학교 2학년 어린이들에게 글쓰기 강의를 하고 있을 때의 일입니다. 언제나처럼, 글쓰기 분위기 만들기와 글 자세히 쓰는 법을 알게 하기 위해, 일본 어린이가 쓴 '잊을 수 없는 1월 14일'이란 생활문을, A 양에게 읽혔습니다. 그랬더니, '소리 내 읽기'(낭독)가 서툴러, 약 20여 행의 글을 더듬거리며 읽는 동안에, 다음 보기와 같이 자그마치, 7군데나 틀리게 읽는 것이 아니겠습니까?

- '작년의' → '작년에'
- '잊을 수가 없습니다' → '잊을 수 없습니다'

- '한가운데에' → '한가운데'
- '왼쪽으로' → '왼쪽을'
- '이렇게 됐어요' → '이렇게 됬어요'
- '열이 내려가지 않았어' → '내려가지 않아서'
- '바보 취급당하니까' → '바보 취급을 당하니까'

그 어린이들은, 1학년 때인 작년 7월경부터 수강을 해 온 터라, 바른 발음으로 글을 틀리지 않게 유창하게 읽어야 한다는 것을, 귀에 못이 박히도록 이야기해 왔었습니다. 그래서, 그날 틀리게 읽은 낱말들은, 이미 한 번 이상씩 주의를 받은 적이 있는 것들이었습니다. 그런데도 또 틀린 것입니다.

그 어린이는, 머리도 좋고, 학교 성적도 상위권에 속한 어린이였습니다. 그런데도 짧은 글 하나 유창하게 읽지 못하고, 마치 한글을 처음 배운 외국인처럼 글을 더듬거리며, 되씹어 읽기, 틀리게 읽기, 빠뜨리고 읽거나 보태 읽기 등을 거듭하고 있으니, 참으로 기가 막힐 지경이었습니다. 2학년이면 어떤 글도 척척 다 읽어 낼 때인데, 그렇게 글을 못 읽는 원인이 어디에 있는 것인지, 도무지 알 수가 없었습니다. 작년에 강의를 처음 시작할 때부터 글 읽는 것이 서툴러, 학부모님들에게 국어 읽기책을 가지고, '소리 내 읽기'(낭독) 연습을 집에서 많이 시키라는 소리도 수십 번 해 온 터였습니다. 그래서, 나는 A 양의 더듬거리며 읽는 것을 보고, 잔뜩 화가 나 있었습니다.

가까스로 본보기글 감상이 끝나고, 이번에는 그 어린이가 원고지에 써 온 생활문 점검에 들어갔습니다. 그 생활문은, 그 어린이가 두 번째로 쓴 생활문인데, 공책에다 쓴 '초벌쓰기'가 통과된 것을, 집에서 원고지에 옮겨 오라고 했더니, 써 온 것이었습니다. 그래서, 그 성의를 칭찬해 주고 난 뒤, 그 글을 읽기 시작했습니다. 그랬더니, 표현방법은 괜찮았으나, 띄어쓰기가 엉망이었습니다. 한 줄의 글 안에서 두세 군데나 틀리니, 띄어쓰기에 전혀 관심이 없다는 증거였습니다.

첫 번째 생활문을 통과시켜 줄 때도 띄어쓰기가 많이 틀려서, 발바닥이 닳도록 드나들며 수십 군데를 고쳤습니다. 그때 띄어쓰기에 대한 공부 많이 하라고, 단단히 주의를 주기도 했었습니다. 그러나, 그 띄어쓰기를 아무렇게나 하는 병은, 조금도 고쳐지지 않고 있었습니다. 글 더듬거리며 틀리게 읽는 것과 띄어쓰기를 아무렇게나 하는 것은, 그 원인이 모두가 학교에 있다고 생각되어, 학교를 원망하며 띄어쓰기 틀린 곳을 하나하나 고쳐 나갔습니다. 한 작품 속에서 틀린 곳이 자그마치 39군데나 되었습니다.

- 5월어느날 → 5월 어느 날
- 6살때 → 6살 때
- 것 처럼 → 것처럼
- 들어있는 → 들어 있는
- 나와있는 → 나와 있는
- 눌러봤더니 → 눌러 봤더니
- 뽑을때 → 뽑을 때
- 어?조금 → 어? 조금
- 3시 쯤 → 3시쯤
- 엄마차 → 엄마 차
- 다음 날 → 다음날
- 때를 썼다 → 떼를 썼다
- 꽂여 → 꽂혀
- 아플거야 → 아플 거야
- 소변보면 → 소변 보면
- 나아 졌다 → 나아졌다
- 들고왔다 → 들고 왔다
- 보여달라고 → 보여 달라고
- 해야된다 → 해야 된다
- 의사선생님 → 의사 선생님
- 목요일이왔다 → 목요일이 왔다
- 줘어주면서 → 줘어 주면서
- 무서워 하자 → 무서워하자
- 들어 갔다 → 들어갔다
- 수술 합니다 → 수술합니다
- 손을떼며 → 손을 떼며
- 안아프게 → 안 아프게
- 뽑아줄께 → 뽑아 줄게
- 그려주었다 → 그려 주었다
- 사준 → 사 준
- 가보고 → 가 보고
- 시작 했지만 → 시작했지만
- 참아보려고 → 참아 보려고
- 다음 부터 → 다음부터
- 나지않는다 → 나지 않는다
- 수술자국 → 수술 자국
- 남아있다 → 남아 있다
- 무서워 하고 → 무서워하고

이 얼마나 틀린 것이 많습니까? 이런데도, 국어교육을 제대로 받았다고 할 수 있겠습니까? 국어시간에 도대체 뭘 했길래, 멀쩡한 아이를 이렇게 바보로 만들어 버렸을까요?

1학년 때 선생님이나 2학년 때 선생님이, 단 한 번이라도 어린이들이 쓴 글쓰기 작품을 보고, 띄어쓰기를 바르게 하라고 주의를 주었어도, 이런 혼란은 일어나지 않았을 것입니다. 아마도 띄어쓰기 개념을 국어과 입문기入門期 지도 때부터 전혀 길러주지 않았기 때문에, 이 어린이는 띄어쓰기를 아무렇게나 하는 것이 고질병이 되어, 영영 굳어 버린 것 같았습니다. 가르칠 때 가르치지 않고 기회를 놓치면, 이런 상태로까지 빠지고 마는 것입니다.

초등학교 저학년 어린이들의 띄어쓰기 교육은, 적잖이 어려운 문제이긴 합니다. 문법이론을 들이대도 통할 수 없는 시기이므로, 눈으로 익히도록 하라고 지도할 수밖에 없습니다. 그러면, 어린이들은 직관력直觀力이 활발한 시기라, 직관력으로 띄어쓰기 법칙을 익히게 됩니다. 그러나, 틀린 곳을 지적할 때는, 반드시 학년성에 맞게 문법이론을 동원해서, 설명을 자세히 해주어야 합니다.

한 가지 더욱 좋은 방법이 있는데, 그것은, 바로 띄어쓰기를 눈으로 익힐 뿐만 아니라, 국어과 읽기책이나, 본보기글을 한 번 베껴 써 보도록 하면, 아주 효과가 큽니다. 이것은 비법 중의 비법이니, 꼭 한 번 실천해 보시기 바랍니다.

그날도, 나는 A 양에게 국어책을 보여 주며, 한 번 베껴 써 보라고 말할 양으로, '읽기책'을 가져오라고 했습니다. 그랬더니, 난처한 표정을 짓다가, 학교에 두고 와서 없다고 하는 것이 아닙니까? 하도 어이가 없어서, 왜 학교에 놔두고 왔느냐고 물었더니, "선생님이 무겁다고, 숙제가 있을 때만 집에 가져가라고 했어요." 하는 것이었어요. 나는 그 말에, 그만 뒤로 나자빠질 뻔할 정도로 놀라고 말았습니다. 그러면서, 그 애가 그렇게 책도 옳게 못 읽고, 띄어쓰기도 엉망인 이유가, 바로 국어책을 학교에 놔두고 다녀서 그렇게 되었다는 것을 직감할 수가 있었습니다. 그래서, 나는 그 자리에서 담임 선생님을 원망하는 말을 마구 많이 늘어놓았습니다. 더욱이, 그 '책이 무거우니'란 말에, 피가 거꾸로 도는 것을 느꼈습니다. 아니, 책이 무거우면 얼마나 무겁겠습니까? 그리고, 통학거리래야 겨우 500미터 안팎일 텐데, 애들을 그렇게 편하게 길러 가지고, 그걸 어디다 써먹을 수가 있겠습니까?

책이 무거우니 학교에 두고 다니라는 이야기는, 80년대 부도덕한 전두환 정권 시절에 민심을 사려고 한 시책이었습니다. 그런데, 그 엉터리 시책이 30년 세월이 흐른 현재까지도 시행되고 있다니, 악습은 참 오래 간다는 것을 알았습니다. 그러면서, 또, 그 담임 선생님의 교육자답지 못한 판단력에 놀랐습니다. 국어과는 거의 날마다 시간표에 들어 있을 뿐 아니라, 한 단원을 보통 10시간 넘게 다루게 되어 있기 때문에, 날마다 예습 복습을 해야 할 판인데, 국어책을 학교에 놔두고 다니니, 언제 국어공부를 할 수 있겠느냐는 것입니다.

그래서, 인천에 강의를 하러 가서, 그곳 어머니들에게도 물어보았더니, 거기도 역시 교과서를 학교에 두고 다니는 곳이 많았습니다. 그리고, 교과서를 학교에 두고 다니게 하는 것은, 애들이 교과서를 잊어버리고 안 가져오는 수가 많기 때문에, 그걸 방지하고자 그런다는 말을 듣고, 더욱 깜짝 놀랐습니다. 어린이 중심으로 교육을 해야 하는 법인데, 교사 중심으로 교육을 하고 있음을 말해주고 있지요.

아무튼, 나는 이번 일을 통해서, 한국 어린이들이 국어실력이 너무도 없는 원인을 알게 되었습니다. 국어과 독해지도讀解指導도 제대로 하지 못하고, 글쓰기교육을 하지 아니하는 데도 원인이 있겠지만, 어린이들이 국어책과 거리가 너무도 멀리 떨어져 있으니, 언제 국어공부를 옳게 할 수가 있겠습니까?

사실 국어과의 독해지도 과정은, 문맥文脈을 타고 문장을 읽어 내려가며, 모르는 낱말의 뜻도 조사하고, 낱말과 낱말과의 문법적文法的인 관계, 낱말과 문장과의 관계, 문장과 문장과의 관계, 단락段落과 단락과의 연접관계連接關係 등의 새겨읽기(독해)를 통해, 글의 주제主題를 붙잡는, 아주 복잡하고 어려운 과정이라, 국어책을 읽고 또 읽어서 달달 외울 정도가 되어야 하는 법입니다. 국어과는, 문장해석을 위해 문장과 씨름을 해야 하는 형식교과形式教科이기 때문에, 읽기에서 시작해서 읽기로 끝난다고 할 정도로, 읽기는 아주 중요한 과목인 것입니다. 그래서, 국어책이 항상 가까이 있어서, 필요할 때마다 당장 펼쳐 볼 수 있어야 합니다.

그리고 또, 책의 주인은 어린이이기 때문에, 책은 책 주인의 집에 있어야 하고, 절대로 학교에 두고 다녀서는 안 되는 일입니다. 또, 선생님은 교과서를 학교에 두고 다니라고 명령해서도 안 됩니다. 그것은 학습권 침해이기 때문입니다. 그런데, 그렇게 교과서를 학교에 두고 다니다 보면, 교과서와 정이 붙지 않아 공부에 취미를 잃게 되고, 그러다 보면 자연히 인터넷 게임에 빠져 들게도 될 것입니다. 그러면, 인터넷에 중독이 되면서, '책이탈'·'공부이탈' 현상이나, '학급붕괴' 현상으로까지 이어지게도 될지 모릅니다.

교사들이 국어 교과서까지 학교에 두고 다니라고 하는 것은, 국어과의 중요성을 몰라서 그런 것입니다. 국어과의 중요성을 모른다는 것은, 국문법이나 독해지도 이론과 독해지도법의 어려움을 몰라서 그런 것입니다. 교사가 독해지도법이나 글쓰기 지도법을 모르면, 절대로 국어를 올바르게 가르칠 수가 없습니다. 그리하여, 10개 교과 가운데 국어를 가르치기가 가장 어렵다는 것이고, 그래서, 국어과를 중심교과라고도 일컫는 것입니다.

국어과야말로 기초 가운데 기초교과요, 모든 교과의 중심교과입니다. 그래서, 국어교육이 성공하면, 다른 모든 교과의 교육도 성공할 수가 있고, 어린이들도 정말로 알찬 어린이다운 어린이로 자랄 수가 있게 되는 법입니다.

그런데, 그렇게 중요한 국어책을 학교에 놔두고 다니며, 국어과 공부를 하는 둥 마는 둥 하고 있으니, 그 교육이 어떻게 옳게 될 수가 있겠습니까? 국어과를 최대 중심교과로 생각하고, 국어책을 소중히 여기며, 국어공부를 열심히 하는 풍토가 조성되지 않으면, 절대로 그 교육은 성공할 수가 없을 것입니다.

앞으로, 절대로 국어책을 학교에 놔두고 다니라는 소리를 해서도 안 될 것이며, 따라서, 국어교육을 소홀히 해서도 안 될 것입니다. 국어교육이 모든 교육의 바탕이요 기초이기 때문에, 국문법이며 독해지도 이론이나 글쓰기 지도법 연구에도 더욱 힘써서, 국어과 권위자가 되도록 힘써야 할 것입니다. (10.4.22)

5. 학원에 안 보내고
'기본'에만 충실한 유태인의 자녀교육

2009년 12월 6일 8시에, 나는 KBS 일요스페셜 프로인 '미국을 움직이는 유태인 파워'의 제2편을 보았습니다. 유태인의 자녀교육에 대한 것을 집중적으로 소개하고 있어, 교육에 관심이 많은 나는 그걸 주의 깊게 보았습니다.

28년 전에 《유태인의 천재교육》(루스 실로 지음)을 읽고, 유태인의 자녀교육이 독특하고 철저하다는 것을 대강은 알고 있었지만, KBS의 이번 프로가 미국에 사는 유태인의 자녀교육 현장을, 폭넓은 시아에서 취재해 보여 주니, 더욱 절실하고 감명이 깊었습니다. 그 프로를 보면서, 나는 두 가지 사실에 놀랐습니다. 그 하나는, 유태인 어린이들이 미국 학교에서 공부가 끝나면, 으레 오후에는 학원으로 갈 줄 알았는데, 그러지 않고, 바로 유태인 학교에 가서 자기 모국어인 히브리어와 유태인의 성전聖

典인 탈무드를 공부한다는 사실이었습니다. 그리고, 또 하나는, 과학문명의 최첨단을 달리는 미국인데도, 유행에 흔들리지 않고, 자기 민족 교육의 전통에 따라, 끝끝내 기본에 충실한 교육을 하고 있다는 점이었습니다.

나는 그 프로를 보고 충격도 컸고, 감명의 여운도 오래 갔습니다. 왜냐하면, 그 프로가 진실했고, 교육의 정곡正鵠을 찌르고 있었으며, 우리나라 자녀교육에 시사하는 바가 너무도 컸기 때문입니다. 그래서, 《유태인의 천재교육》과 《탈무드》를 다시 읽기 시작했고, 우리나라 교육에 관한 한문 고전인 《대학大學》과 《논어》와 《소학》도 뒤적거려 보았습니다. 그리고, 유태인과 한국인의 자녀교육을 견주면서, 우리나라 교육의 문제점 해결방안을 여러 가지로 생각하여 보기도 했습니다.

첫째, 왜 미국의 유태인은 자녀를 학원에 보내지 않는데도 학생들은 미국 명문대를 휩쓸고 있고, 또, 유태인 노벨상 수상자가 세계에서 제일 많느냐는 것입니다.

또, 나는 그 프로를 보면서 가장 큰 충격을 받은 것은, 미국 학교에서 공부가 끝난 뒤 학원으로 가지 않고, 곧바로 버스를 타고 유태인 학교로 가는 장면이었습니다. 그 어머니들도 'Jewish mother'나 '교육엄마'라고 불릴 정도로, 세계적으로 소문난 극성스런 엄마들인데, 어떻게 해서 학원에도 안 보내고, 순순히 민족의 전통을 따르냐는 것입니다. 우리나라 같으면, '개인의 자유'·'선택의 자유' 운운하면서 난리를 칠 텐데, 유태인들은 역시 지혜롭고, '종교민족'답구나 하는 생각이 들었습니다.

유태인 아이들이 학교에서 배운다는, 유태인의 역사와 히브리어와 탈무드 등의 교육내용을 보고, 참으로 유태민족답게 주체성을 가지고 잘 교육하고 있구나, 감탄을 했습니다. 유태인들이 그렇게 민족교육을 잘하는 이유는, 민족이 융성발전하려면 청소년 교육이 올바르고, 청소년 교육을 옳게 하려면, 민족정신 교육을 제대로 해야 된다는 것을, 나라 없는 설움을 누구보다도 많이 당해 본 그들인지라, 몸소 뼈저리게 터득을 해서 잘 알고 있었기 때문이라고 생각합니다. 곧, 그들은 정신이 똑바로 서고, 행동거지가 올발라야 옳은 사람이 된다는 진리를, 역사를 통해 꿰뚫어 보고 있었던 것입니다. 그리하여, 그들은, 오직 근본인 정신교육에만 힘쓰고, 지엽말단인 학원교육은 거들떠보지도 않은 것입니다.

다시 말하면, 인간의 근본인 민족정신과 주체정신만 확고히 야무지게 잘 다스려 놓으면, 지엽말단인 지식이나 잔재주는 스스로 다 해결된다는 것입니다. 맞습니다. 학습의 기본원리가 바로 여기 있는 것입니다. 정신을 똑바로 차리고, 온 정성 다해 문제의 핵심을 뚫고 들어가야만, 올바른 진리와 지식을 획득할 수가 있는 법입니다. 그렇게 제정신을 차리고 공부를 하면, 학교공부건 가정교육이건 학원공부건, 완전학습完全學習의 성과를 거둘 수가 있을 것입니다.

그런데, 우리나라 교육의 실태는 어떻습니까? 교육자와 학습자의 두 쪽 다 정신문제와 인성문제에 무엇인가 결함이 많아, 근본문제는 하나도 해결 못한 채 악순환만 거듭하고 있는 실정입니다. 교육자들의 연구부족과 역량부족으로 옳게 못 가르치고 있는 것도 큰 문제지만, 강요에 따라 마지못해 받는 학생들의 정신상태가 느슨해져 있어, 학교수업도 가정학습도 흐지부지 소홀히 한 채, 오직 학원다니기에만 매달리고 있어 더욱 큰일입니다. 우리 교육이 이렇게 되기까지 첫째는 학교에서 가르치는 교사들의 책임이 크고, 그 이전에는 부모들의 잘못도 큽니다. 그런 바탕에서 아이들이 제대로 올바른 자세와 태도를 지니기 어렵습니다. 학생들의 자세와 태도 곧 기본정신이 잘못돼 있으니, 수업시간에 공부를 열심히 할 리 없고, 그렇게 흐지부지 공부를 하니, 실력이 오를 리가 없는 것입니다. 그렇게 학교공부는 흐지부지하게 해 놓고는, 실력 올린답시고 밤늦게까지 학원 순례를 하며 법석을 떨지만, 근본이 안 돼 있으니, 실패할 수밖에 없습니다.

우리 동양 고전인 《대학》에도, '근본이 어지러우면서 말단이 다스려지는 일은 없다.'라는 말이 있습니다.

그렇습니다. 우리도 유태인의 가정교육이나 《대학》의 가르침처럼 모름지기 근본에 힘써서, 곧 올바른 자세와 태도 갖추기를 먼저 제대로 하여 학원 보내기 전에 먼저 사람 만들기, 정신 다지기에 힘써야 하겠습니다.

둘째, 유태인들은 아주 현명하고 지혜롭고 지적이고, 또, 진리

추구심眞理追求心도 강하다고 느꼈습니다. 왜냐하면, 어린이들이 오전에 미국 초등학교에서 공부한 뒤, 유태인 학교에 가서 4시간 정도 공부하는 데 대해, 반대하거나 항의하지도 않고, 순순히 따르고 있었습니다. 우리나라 학부모들 같으면, 유명 대학에 들어가려면, 영어나 수학 점수를 따기 위해 학원에 가야 하는데, 왜 쓸데없는 한국 역사며 한국어를 가르치냐고 항의하고 난리를 칠 텐데, 그 두 학교에 다니기를 초등학교에서부터 대학 졸업할 때까지 계속한다고 하니, 참으로 놀라운 일이 아닐 수 없습니다. 곧, 그들은 근본이 해결되면, 지엽말단은 자연히 다스려진다는, 진리를 꿰뚫어 보는 슬기로운 눈과 확고한 신념을 가지고 있다는 것입니다. 그러면, 그런 슬기와 신념은, 도대체 어디서 어떻게 길러진 것일까요?

유태인들은 어려서부터 오로지 수천 년 동안 나라를 잃고 핍박을 받은 역사적인 교훈과 성경 및 탈무드의 가르침에 따라, 지혜롭게 사는 법을 어려서부터 배우기 때문이라고 합니다. 곧, 유태인답게 살아가는 데는, '몸을 움직여서 살아가는 게 아니라, 머리를 써서 두뇌의 기능을 충분하게 발휘하며 일을 하는 것'이라고 그렇게 항상 배운다는 것입니다. 가정이건 학교건 모든 교육 시스템이, 머리 쓰는 일에 어울리게끔 만들어져 있다고 합니다. 다시 말하면, 양육되는 환경이 모두 머리 잘 쓰는 것을 중심으로 만들어져 있다는 것입니다. 그래서, 유태인들이 선천적으로 머리가 좋아서가 아니고, 어려서부터 머리를 써서 슬기롭게 살도록 훈련받으면서 자라기 때문에, 2009년 현재 유태계 대학생들이 미국의 명문대를 휩쓸고 있고(30퍼센트), 노벨상 탄 사람이 무려 176명(전체의 20퍼센트)이나 된다고 합니다.

〈탈무드〉는, "교사는, 혼자서 학생들에게 떠들어서는 안 된다. 만약에 학생이 잠자코 경청만 한다면, 많은 앵무새를 길러 내는 결과가 되기 때문이다. 교사가 이야기하면, 학생은 그것에 대하여 질문하지 않으면 안 된다. 그리고, 교사와 학생 사이에 주고받음이 활발하면 활발할수록 교육효과가 크다."라고 가르치라고 되어 있어, 유태인들은 '질문'과 '토론'을 교육원리로 삼고 학생들을 가르친 결과, 연구심이 강한 사람으로 길러 낼 수가 있었으며, 그래서, 앞에서 말한 바와 같은, 빛나는 성과를 거두고 있다고 합니다.

또, 유태인 격언에도,

① '물고기 한 마리를 주면 하루밖에 못 살지만, 물고기를 어떤 방법으로 잡는가를 가르치면, 평생을 생활할 수 있다.'

② '만약에 당신이 살아남고 싶으면, 먹는 것으로도, 마시는 것으로도, 댄스를 하는 것으로도, 또는 일을 하는 것에 의해서도, 그것은 되지 않는다. 오직 지혜를 갖는 것에 의해서만 살아남는다.'

③ '지혜에 뒤지는 자는 매사에 뒤진다.'

④ '세상에서 가장 현명한 사람은, 만나는 모든 사람에게 배우는 사람이다.'

등과 같이, 지혜를 강조한 것이 많은데, 오랜 다른 민족의 박해 속에서 얻어진 값진 격언들이라 다 울림이 큽니다.

①의 격언의 경우, '물고기'는 바로 '지식'을 의미하는데, 학생들에게 지식만 가르칠 게 아니라, 지식 배우는 방법을 가르쳐 주는 것이 훨씬 더 현명한 일이라는 것을 말해 주고 있습니다.

그런데, 우리나라 교육은 어떻습니까? 선생님들이 학생들에게 지식을 될 수 있는 대로 많이 주입시켜서, 상급학교에 입학시키는 것을 최대의 목표로 삼고 있지 않습니까? 이것은, 물고기 한 마리만 주는 것과 똑같은 일로서, 달달 외운 지식으로 학생을 상급학교에 입학시킬 수는 있겠지만, 그 지식은 죽어 있는 지식이기 때문에, 그 다음에는 아무 데도 쓸모가 없다는 것입니다. 그러니, 그것보다는 학생들에게 지식의 체계를 빨리 내 것으로 만드는 방법을 가르치는 것이, 훨씬 더 낫다는 것입니다. 그러면, 학생들은 그 방법을 다른 것에도 대입할 수가 있게 되어, 학문에 대한 흥미를 더욱 강하게 느끼게 된다는 것입니다.

이것은 바로 '전이轉移의 학습원리'를 말하는 것인데, 한 가지 근본원리를 야무지게 가르쳐 놓으면, 그것이 다른 문제에 부딪혔을 때도 전이가 되어, 잘 해결할 수가 있게 된다는 것입니다. 그런데, 우리나라 교육은 이 근본의 문제를 옳게 철저히 가르치는 일은 흐지부지 소홀히 해둔 채, 오직 지엽적인 지식의 주입에만 미쳐 날뛰고 있습니다. 본말本末이 전도顚倒된 일에, 시간과 인력을 낭비만 하고 있으니, 이 얼마나 어리석고 바보스런 짓입니까?

그런데, 유태인 학교에서는, 학생들에게 보고서(리포트)를 제출하게 하는 일이 많은데, 리포트 평가를 할 때 그 내용이 아니라, 수집한 자료를 어떻게 모으고 정리해서, 자신의 머리로 어떻게 그 리포트를 작성했는지, 그 자료의 처리방법을 주로 본다고 합니다. 이 얼마나 현실생활에 직접 활용할 수 있는, 살아 있는 교육입니까?

나는 그 프로를 보면서, 우리 민족도 유태인 못지않게 핍박을 많이 받은 민족인데, 그들처럼 역사적인 교훈에 따라 현명한 길을 가지 못하고, 잘못된 길로만 빠져들고 있어, 안타까움을 금할 길이 없었습니다. 그것은 또, 우리 국민 모두가, 인간교육의 근원에 대한 교훈이 많이 들어 있는 동양고전에 대한 공부는 하나도 하지 않고, 오직 미국의 유흥문명에 도취되어, 같이 병들어 가고 있기 때문이라고 생각했습니다. 우리 속담에 '호랑이에게 열두 번 물려 가더라도 정신만 차리면 산다'라고 했는데, 정말로 이제는 제정신을 차려야 하겠습니다. 일찍이 민족개조론民族改造論을 부르짖으신 도산 안창호 선생님께서도, "우리가 하려고 하는 위대하고 신성한 사업의 성공을, 텅 빈 것과 거짓된 것의 기초 위에 세우려고 하지 말고, 참된 것과 올바른 것의 기초 위에 세우려고 하자."라고 외치셨습니다. 그가 말한 '위대하고 신성한 일'이란, 나라의 독립을 말하는 것이었습니다. 나라를 세울 적에 '텅 빈 것'과 '거짓'이 아닌, '참된 것'과 '올바른 것'의 기초 위에 세우자고 외치셨는데, 지금 우리는 과연 그렇게 제대로 힘쓰고 있는지, 냉철히 생각해 보아야 하겠습니다. 나는 우리 국민 모두가 병들어, '빈 것'과 '거짓'의 탁류 속에서 허우적거리고 있다고밖에 말할 수가 없을 것 같습니다. 우리 민족도 자존심이 강한 민족인데, 유구한 전통을 가진 우리 국민들이, 어떻게 그 값싼 외래의 부패문명에 휩쓸려 병들어서야 되겠습니까? 정신을 차려야 합니다. 정신을 차려서, 가정과 학교와 사회를 확 뜯어고쳐야 합니다.

하기로 마음먹고 나서면, 안 될 일이 없습니다. 우리 국민 모두가 변해야 합니다. 국민 모두가 자기를 개조改造해서, 새 사람으로 다시 태어나야 합니다. 그 자기 개조에 대해, 도산 안창호 선생님께서는 다음과 같이 외치셨습니다.

> "한국 민족 전체를 개조하려면, 그 부분의 각 개인을 개조해야 하겠고, 각 개인을 다른 사람이 개조하여 줄 것이 아니라, 각각 자기가 자기를 개조하여야 한다."

이 귀한 말씀 깊이 새기고, 우리 모두 '자기개조'와 '교육개조'에 뛰쳐나가야 하겠습니다.

6. 200자 원고지와 400자 원고지

제목만 보면, 무슨 말을 하려고 하는지 얼른 이해가 안 될 것입니다.

맞습니다. 사실대로 말하면, 한국의 어른들이나 어린이들은 주로 200자 원고지를 쓰는데, 일본의 어른들이나 어린이들은 주로 400자 원고지를 쓴다는 사실을 알리려고 꺼낸 말인데, 속마음은 그것만 알리려고 꺼낸 것은 아닙니다.

진짜 속내는, 한국 어린이들은 200자 원고지 5장 정도의 글조차 써 낼 수 있는 어린이가 별로 없을 정도인데, 일본 어린이들은 400자 원고지 5장 정도는 보통이고, 10장 정도의 글도 척척 써 내는 어린이도 수두룩하다는 사실을 말하려고 한 것입니다. 다시 말하면, 한국과 일본 두 나라 어린이들의 글쓰기 차이가 두 배 이상으로 난다는 사실을 알림으로써, 한국 교육자와 온 국민들에게 경고의 종소리를 울려, 경각심을 심어 주고 싶어서였습니다.

왜냐하면, 2시간이면 오갈 수 있는 나라 사이인데도, 이 나라 교육자들은 일본의 앞서 가고 있는 글쓰기교육에 대해 전혀 알아보려고 조차 하지 않은 채, 모두들 쿨쿨 잠만 자고 있기 때문입니다.

이것은, 절대로 내가 과장한 말이 아닙니다. 나는 이 방면의 일본 책을 많이 읽었기 때문에, 사실에 근거해서 한 말입니다. 문장력의 차이는 바로 사고력의 차이, 인간 역량의 차이로 이어지는 법인데, 한국 어린이들의 글쓰기 실력이 일본의 어린이들에 견주어 두 배 이상의 차가 난다고 하니, 사고력과 실력 면에서 얼마나 많은 차이가 나겠느냐는 것입니다.

원고지 한 장에도 이렇게 중대한 교육문제가 숨겨져 있는데도, 이 나라의 교육자들은 그런 심대한 후진성은 조금도 알아차리지 못한 채, 자기 스스로도 지도이론을 하나도 모르는 논설문 교육만을 떠들어 대고 있으니, 참으로 소가 웃을 일이 아닐 수 없습니다. 세상은 무섭게 변하고 있습니다. 그런데도 한국의 교육자들은 우물 안 개구리로 남아, 안존하고 있는 게 너무도 안타까워, 내가 이 문제를 제기한 것인데, 행여 친일파 운운하는 색안경으로 보지 말아 주시기 바랍니다.

그런데, 더욱 큰 문제는, 단순한 양적 열세에 그치지 않고, 질적으로도 너무 차이가 나, 더욱 큰일입니다.

일본 어린이들의 어린이시나 생활문을 읽어 보면, 거의 완성 단계의 글을 마구 써 대는데, 한국 어린이들의 글을 보면, 겨우 초보단계의 글뿐이고, 그것조차도 못 써서 절절 매고 있는 실정입니다. 뒤에 실려 있는 일본 어린이들의 시나 생활문을 보시면, 어른들도 따라갈 수 없을 정도의 좋은 글을 쓰는 어린이가 수두룩하다는 것을 알게 될 것입니다.

구성이나 표현기교 면에서도 세련되어 있어, 일본 교사들의 글쓰기 지도가 얼마나 철저한가를 알 수 있을 것입니다.

그런데, 한국 어린이들은, 설명과 묘사를 잘 해서, 남이 잘 알 수 있는 자세한 생활문을 써 보라고 아무리 가르쳐 주어도, 글쓰기의 기본이 하나도 안 되어 있는 관계로, 거의 써내지 못합니다.

그러면, 한국 어린이들과 일본 어린이들 사이의 글쓰기 실력차가 왜 이렇게 많이 나는 것일까요? 그것은, 일본은 초등학생 때부터 글쓰기 지도의 역사가 한국보다 훨씬 길 뿐 아니라, 글쓰기 지도이론의 연구나 글쓰기 지도 실천 면에서도, 한국보다 훨씬 더 의욕을 가지고 본격적으로 진행해 왔기 때문이라고 생각합니다.

일본에서 맨 먼저 글쓰기에 관한 책이 나온 것이 1876년이고, 일본 어린이시 운동의 효시라고 할 수 있는 《아카이도리赤鳥》가 창간된 것이 1918년이니, 우리나라보다 역사적으로 약 70년, 아니면 30년 정도 먼저 글쓰기를 시작했다는 것을 알 수가 있습니다. 역사적으로 먼저 시작했을 뿐 아니라, 글쓰기 이론 연구와 글쓰기 지도 실천도 철저해서, 글쓰기 지도이론서나 글쓰기 실천기나 글쓰기 작품집도 수백 종에 이를 정도로 많이 나와 있습니다.

그리고, 글쓰기 지도의 근원이 되는 국어과 독해지도의 이론 연구나 지도기술 연마도 철저해서, 그 방면의 연구서적도 엄청나게 많고, 내용도 매우 충실해, 경탄하지 않을 수가 없는 정도입니다.

일본은 국어과 학습지도 이론이 그만큼 발전되어 있고, 학습지도 실천도 철저히 이루어져 왔기 때문에, 따라서 글쓰기 지도도 잘 이루어지고 있는 것입니다. 그렇게 해서 글쓰기 지도가 잘 이루어지니, 마침내 국어과 지도도 잘 이루어지는 상승효과를 올리고 있는 것입니다.

그런데, 우리 한국의 실정은 어떻습니까? 글쓰기 지도 이론서나 국어과 학습지도 이론서도 별로 없어, 연구와 실천의 빈약함을 솔직히 인정하지 않을 수가 없는, 참으로 한심스러울 정도입니다. 이렇게 연구서가 부족하다는 것은, 오로지 그 방면의 연구와 실천이 부족하다는 증거이고, 또, 그렇게 연구와 실천이 부족하다는 것은, 글쓰기교육이나 국어교육에 대한 소신이나 신념이 그만큼 부족하다는 반증이기도 합니다. 실로 부끄럽기 짝이 없는 일입니다.

우리나라는 지금 국어교육과 글쓰기교육이 붕괴되어 빈사상태에 놓여 있는데도, 우리나라 교육자들은 그 사실조차 느끼지 못한 채, 우물 안 개구리가 되어 현실만족에만 빠져 있으니, 그들에게 어떻게 자녀교육을 마음 놓고 맡길 수 있겠습니까?

이렇게 한국 교육자들이 연구심이 부족한 데다, 현실만족에 빠져 잠만 자고 있으니, 그 결과 우리 어린이들이 너무도 실력이 없어 큰일이 났습니다. 한국교육의 최대 결점은, 기초 다지기 교육의 빈약함입니다. 기초 다지기 교육을 야무지게 하려면, 먼저 여러 가지 검증방법을 동원해, 기초학력의 현주소를 정확하게 파악해야 할 것입니다. 국어과의 경우, 첫째, 한글을 바르게 발음하고 바르게 쓸 수 있는 문자해득이 옳게 되어 있는가? 둘째, 글을 바르게 읽고 내용을 바르게 파악할 수 있는 독해력이 야무지게 갖추어져 있는가? 셋째, 자기가 하고 싶은 말을 마음대로 표현할 수 있는 문장력이 잘 길러져 있는가? 등의 세 가지 요소가 가장 중요한데, 현재 한국 어린이들은 그 세 가지 국어과 기초학력 가운데, 그 어느 것 하나도 제대로 옳게 다져져 있지가 않습니다. 왜 기초학력이 그렇게 다져지지 않고 있느냐면, 그 기초학력의 정확한 실태조차 옳게 파악하지도 못한 채, 되지도 않는 논설문 운운하며 엉뚱한 데다 힘을 낭비하고 있기 때문입니다.

국어과 교육은, 한국의 알파벳인 한글을 옳게 모르면, 절대로 아무것도 할 수가 없습니다. 그런데, 한국의 교육자들은 그 중요하고 시급한 국어 연구는 하나도 하지 않은 채 상식만 가지고 함부로 덤비니, 제대로 될 턱이 없습니다. 한글의 창제원리나 음운이론이나 문법의 내용이 깊고, 따라서 어려운데, 그것에 대한 아무런 연구도 없이 얼렁뚱땅 얼버무리고만 있으니, 국어교육이 판판이 실패할 수밖에 없다는 것입니다.

한글 자모의 글자지도가 하나 옳게 안 되니, 독해지도가 제대로 안 되고, 글쓰기 지도도 옳게 될 리가 없습니다. 한마디로 한국의 국어교육과 글쓰기교육은, 지금까지 엉터리 교육이요, 완전 실패작이라고 아니할 수가 없는 형편입니다.

이렇게 제 나라 모국어 하나 옳게 못 가르쳐 망쳐 놓은 사람들이, 뻔뻔스럽게도 영어 몰입교육과 논설문교육만을 만날천날 앵무새처럼 떠들어 대고 있으니, 참으로 정신 나간 사람들의 망령된 행동이라 아니할 수가 없을 것입니다.

그런데, 일본의 글쓰기 이론의 권위자인 사이토 다카시齊藤孝란 사람의 글을 읽어 보니, 소학교 3학년 때, 책을 읽을 때마다 독후감을 쓰라는 극성스런 선생님을 만나, 1년 동안에 독후감을 자그마치 50편을 썼는데, 그때 훈련받은 글쓰기 실력이 어른이 되어서도 큰 힘이 되더라는 보고입니다.

그이는 글쓰기 관계 이론서를 자그마치 150권이나 쓴 사람인데, '글쓰기는 바로 스포츠다'라는 논리를 펴고 있는 걸 보고, 공감이 가서 아주 반가웠습니다. 테니스를 배울 때, 약 2만 번 정도 라켓을 휘두르는 연습을 거듭해야 비로소 정구채를 자유자재로 휘두를 수가 있게 되는데, 그와 마찬가지로, 글쓰기도 연습을 많이 해야 한다고 외치고 있습니다. 나는 그 사람의 글쓰기에 대한 지론을 읽고, 무릎을 탁 쳤습니다. 왜냐하면, 우리나라 교육자들이 가슴에 새겨야 할 너무도 지당한 말을 주장하고 있었기 때문입니다.

그리고, 또 한 가지 쇼킹한 이야기는, 서울대나 연고대 학생들의 70퍼센트 정도가 주로 읽고 있는 소설이, 바로 일본의 베스트셀러 작가인 무라카미 하루키村上春樹의 소설이라는 것입니다. 나는 그 신문기사를 읽고, 깜짝 놀라기도 했으며, 또, 이유를 곰곰이 생각해 보기도 했습니다. 왜 한국의 명문대 학생들이 한국 소설은 안 읽고, 일본 소설에 도취되어 있을까요. 그것은, 아마도 일본 소설의 탄탄한 구성과 치밀한 묘사 때문이 아닌가 하고도 생각해 보았고, 또, 그런 작가의 치밀한 문장력은, 초등학교 시절부터 착실한 글쓰기 지도 덕분이 아닌가라고도, 생각해 보았습니다.

또 한 가지 일본교육에 대해서 깊이 검토해 봐야 할 일이 있습니다. 그것은 노벨상에 대한 이야기인데, 일본은 노벨상을 탄 사람이 무려 17명이나 되고, 우리나라는 고작 1명에 불과하다는 사실입니다. 우리보다 먼저 개방화를 해서 과학교육을 일찍 시작한 데도 원인이 있겠지만, 그것도 역시 글쓰기 지도를 통해서 길러진, 주제를 파고드는 진리추구심과 집중력과 탐구심 때문이 아닌가 하고, 내 나름대로 상상도 해보았습니다. 그리고, 일본이 노벨 문학상 수상자를 세 사람이나 배출한 것도, 역시 글쓰기교육에 의한 기초 다지기 작업이 잘 돼 있는 영향이 아닌가 하고 생각해 보았습니다.

아무튼, 우리는, 일본을 피해의식이나 선입견만 가지고 생각하지 말고, 인정할 것은 인정하고, 배울 것은 배워야 한다고 생각합니다.

일본은 우리나라를 여러 번이나 침략한 철천지원수 같은 나라이지만, 엄연히 우리 이웃에 있어 눈부시게 발전해 가고 있고, 또, 글쓰기교육에 관한 한, 세계에서 가장 착실하게 실천하고 있는 나라임에는 틀림이 없습니다. 그래서, 앞으로 눈과 귀를 열고, 그들의 발전상을 치밀하게 관찰도 하고, 또, 그 원인을 추적해 봐야 하리라고 생각합니다.

일본 어린이들의 글쓰기 작품 수준에 대해 더 자세히 알고 싶으시면, 내가 만들어 낸, 여러 책들을 참고하시기 바랍니다. 일본 어린이시 모음인 《새끼 토끼》(1·2학년용)·《개미야 미안해》(3·4학년용)·《거꾸로오르기》(5·6학년용)·《글쓰기 박사 되는 길》(저·중·고) 등이 그것들인데, 모두 다 온누리 출판사에서 나왔습니다.

다음에, 빼어난 일본 어린이시와 생활문을 많이 실어놨으니, 우리나라 어린이들의 작품과 견주어 가며, 잘 감상해 보시기 바랍니다.

낙엽의 강

일본 2학년 모리다 마키코

나비처럼
은행 잎사귀가
팔랑팔랑 떨어져 내린다.
점점 바람이 강하게 불어온다.
낙엽은 비끼어 쏵 떨어져 내린다.
은행나무가 중처럼 민머리가 돼 갔다.
점점 잎사귀가 적어져 갔다.
학교 뜰에
은행잎 강이 생겨 버렸다.
또 낙엽이 나무에서
우수수 비끼어 날아왔다.
노란 잎사귀의 강이
교문 쪽까지 굽이쳐 갔다.
또 강한 바람이 불어와서
낙엽의 강이 자꾸자꾸 흘러서
길까지 가 버렸다.
노란 큰 강이 생겼다.
모두 "굉장하다."라고 했다.
점심 먹는 것을 그만두고
창문에 달라붙어서 보고 있었다.

비

일본 3학년 사노 다카시

책을 읽고 있었다.
마당에 땔감을 말려 놓았다.
그런데 비가 오기 시작했다.
뚝뚝 소리를 들으며
105 페이지 중간쯤을
정신없이 읽고 있었다.
106 페이지로 넘어갔을 때
빗소리가 커졌다.
그래도 아직
땔감을 들여 놓을 마음이 나지 않았다.

맥

돗토리 3학년 다카노 히토노리

와아, 참말이다.
뛰고 있어요.
벌룩벌룩
벌룩벌룩 하고
뛰고 있어요.
이것이 맥인가?
이것이 피가 흐르고 있는 곳인가?
이것이 살아 있는 증거인가?
나
처음으로 알았어요.
쿵 쿵 쿵
손의 가죽을 뚫고
피가 튀어나올 것 같아요.
이렇게 하고 있으니까
몸뚱이가 저절로 흔들려요.

돌 담

일본 3학년 하부 다케시

절의 돌담은
생선 비늘 같다.
옆의 은행나무에서
팔락팔락 잎이 떨어진다.
비늘이 반짝였다가
그늘이 졌다가 한다.

1cc의 물

일본 4학년 고토 아카시로

산수 시간이었다.

선생님은 갑자기 주사기를 꺼내어 물을 넣었다.

그러자 돌연 모두 잠잠해졌다.

선생님은 모두의 손바닥에 물을 떨어뜨렸다.

내 손바닥에도.

왜 그런지 닭의장풀 생각이 났다.

"이것이 1cc의 물이야."

라고 선생님이 말했다.

손바닥을 움직였다.

수학 책으로 1cc의 물이 흘러 나갔다.

밤길

아이치 5학년 이시가와 스미코

밝은 달밤
감나무의
새까만 그림자가
길에 가로누워 있다.
어쩐지 진짜
나무같이 생각되어
가랑이를 벌리고 지나갔다.

금붕어 새끼

아오모리 1학년 사가와 유지

금붕어 새끼가 태어났어요.
쌀알보다도 작아요.
포도 씨보다도 작아요.
지우개 찌끼보다도 작아요.
그래도 움직이고 있어요.
까맣고
바늘구멍보다 작은 눈이
반짝반짝 반짝이고 있어요.

병

일본 3학년 가미야 스즈코

어머니가 아팠을 때
500엔짜리 구두를 사 드렸다.
"이 신 빨리 신고 싶구나."
라고 했다.
나는 눈물이 나왔다.

좋구나

일본 3학년 고다테 미요코

저녁밥을 먹은 뒤
어머니는 아버지 어깨를 두드리고
나는 어머니 어깨를 두드렸다.
여동생이 종종걸음으로 나와서
내 어깨를 두드렸다.
옆의 찬장 유리를 보니까
네 사람 모두 비쳐져 있었다.
여동생이 유리를 향해 손을 흔들었다.
어머니가
"부모와 자식 모두 한곳에 모여서 좋구나."
했다.
나도 조그맣게
"좋네요."
했다.

악어

도쿄 4학년 데라구치 가쓰나리

물결 같은 울퉁불퉁한 등.
유리 구슬처럼 반짝이는 눈.
벌어진 입은
사람이 몽땅 쑥 들어가 버릴 것 같다.
그 속에 톱처럼
줄 서 있는 이빨.
온 도쿄를 엉망으로 만들 것 같은 꼬리.
튼튼한 몸을 갖고 있는 악어.
파충류의 왕
악어.
물 속에서는 인어 같은 악어.
이런 악어를
부하로 만들었으면 좋겠다.

붕어의 목숨

효고 5학년 사토 치사코

붕어 등에서 배까지의 살을
베어 내도 살아 있다.
30cm 가량이나 되는 창자
끊어 버려도 살아 있다.
팥알 만한 심장은 계속 뛰고 있다.
해부 접시에 머리와 꼬리를 치며
퍼덕거렸다.
위를 끊었다.
아직도 그치지 않았다.
점점 움직임이 둔해진다.
죽었다.
심장의 붉은 기가 덜해 갔다.
그룹의 모두가
아직 그 염통을 보고 있다.

참마

니가타 6학년 오제키 쇼오사부로

몹시 고생해서 판 흙 밑바닥에서
커다란 참마를 캐낸다.
나온다. 나온다.
커다란 참마.
울퉁불퉁 살찐 손가락 사이에
야무지게 흙을 쥐고서
뜸직하게 묵직한 참마.
아, 이렇게 들어 보니까
이것도 저것도 모두 농민의 손이다.
흙투성이고 새까맣다.
거칠고 울퉁불퉁하고, 수염도 텁수룩하다.
솜씨 없는 서툰 모습이지만, 힘이 한껏 가득 찬 손.
이것은 틀림없는 농민의 손이다.
아버지의 손 그대로인 참마다.
내 손도 이렇게 되는 것일까?

할머니와 버스 운전기사

아이치 4학년 이쿠시 아쓰코

버스는 할머니를 기다리고 있었다.
할머니는
“정말 미안합니다.”
말하며 천천히 올라탔다.
할머니는
끈이 달린 정기승차권을
가슴 언저리에서 꺼내서
운전기사에게 보였다.
운전기사는
‘어서 앉으세요, 할머니.’
하는 것 같은 얼굴을 했다.
할머니는
머리를 숙이면서
끈이 달린 정기승차권을
가슴 언저리에 넣었다.
할머니는 우글쭈글한 얼굴 속의 눈으로
버스 안을 둘러보았다.
내 앞의
비어 있는 자리를 보면서

천천히 걸어와서
겨우 앉았다.
할머니한테서는
나들이 때 입는 소중스런
옷의 냄새가 났다.
버스는 겨우 출발했다.
버스는 할머니가 앉을 때까지
기다려 주었던 것이다.

힐아버지의 병

일본 6학년 나카즈 요시하라

씩씩 고통스러운 숨소리.
창백한 핏줄만 튀어나온 손.
이마가 뜨겁다.
눈이 새빨갛다.
할아버지가 열에 떨고 있다.
급성폐렴.
"할아버지, 힘내세요. 고통스러워요?"
모두가 걱정스러운 얼굴로 들여다본다.
내가 좋아하는 할아버지
죽지 마세요.
힘내세요.
내가 할아버지를 업을 수 있을 때까지
살아 계세요.
할아버지가
"푸우." 하면서 내 손을 잡았다.
할아버지는 내 소원을 알고
약속해 준 거야.

모두 함께 웃었다

도쿄 3학년 야기 준코

아버지와
어머니가
고다츠를 쬐며
TV를 보고 있다.
할머니가
"고다츠가 따뜻하니까
이리 오너라."
객실에서 불렀다.
"사이좋게
둘이서 보고 있는데
모처럼의 무드가
깨지지 않아요."
내가 말했다.
모두가 폭발한 것처럼
웃었다.
"정말 준코는 자깝스럽구나."
어머니가 노려봤다.
아버지는 안경을 벗고
금이빨을 보이며 웃었다.

"무드란 무슨 뜻이야?"

할머니가

어이가 없이 물었기 때문에

또 처음부터 다시 웃었다.

※고다츠: 각로脚爐, 이불 속에 넣는 화로.

노랑쐐기나방의 알

일본 4학년 히라바야시 다케시

저것 봐라. 저기 있는 것은 무엇일까?
가까이 가 보니까
노랑쐐기나방 번데기의 빈 껍질이었다.
나뭇가지에 붙어 있었다.
버석버석
겨우 떼었다.
껍질 위쪽에 구멍이 나 있었다.
흰색도 있는가 하면
무늬 모양도 있었다.
안에 거미집 같은 것이 있었다.
가지와 가지가 갈라진 곳에 붙어 있었다.
만지니까 매끌매끌했다.

꽃구경

일본 6학년 마쓰다 도미코

자기 자식은 돌보지도 않고
어른 둘이서 죽죽 술을 마신다.
얼굴이나 손은 새빨개져서
손발은 건들렁 건들렁거리는데
억지로 일어서서
돗자리 위에서 춤을 추고 있다.
그 뒤에 아이들이 나비를 쫓고 있다.
나는 벚꽃을 무릎 위에 올려놓고
점심을 먹었다.

굴뚝

일본 6학년 미우라 야스미

옥상에 나가 하늘을 보았다.
바로 앞에 제일 높아 보이는 두 개의
굴뚝.
그 굴뚝의 구멍으로부터는
매일 수십 명의 사람들이
연기가 되어 회색 하늘에
사라져 간다.
우리 할머니도 할아버지도
저 굴뚝으로부터 나갔을 것이다.
오늘 또
장의차가 지나간다.
지금 굴뚝에서 나오는 연기는
어린이의 연기일까
할머니의 연기일까
나는 어쩐지 할머니의 연기 같아
빌고 있었다.
죽는 사람이 있으니까 태어나는
사람이 있다.
그리 생각하고 찬찬히 굴뚝을 보았다.

굴뚝으로부터는 언제 끝날 줄도 모르는 연기가
뭉게뭉게 나오고 있다.
웅대한 하늘에 쓸쓸히 서 있는 굴뚝.
우리도 언젠가는
저 회색의 하늘로
뭉게뭉게 연기가 되어 나갈 것이다.

조회

일본 가나가와 6학년 다지마 미쓰시게

'캉—콩—.' 언제나처럼, 차임 소리가 교사에 부딪혀 되돌아 나와, 온 운동장에 울려 퍼졌다. 왁자지껄 놀고 있던 전교생이, 일제히 입을 다물고 그 자리에 섰다.

그러자, 스즈키 선생님이 줄넘기 줄을 갖고 조례대 위에 올라서셨다.

줄넘기가 끝나자, 스즈키 선생님은 날카로운 눈매로,

"앞으로 나란히. 바로! 손을 비벼라. 뺨도 비벼라."

고 했다. 모두 하얀 입김을 불면서, 삭삭삭삭 소리를 내며 계속 비볐다.

선생님이

"그만—. 문예부 어린이가 시를 읽어 주겠답니다."

고 했다. 그러자, 모두 잠잠히 조례대를 꼼짝 않고 지켜보고 있었다. 아사누마 군이다.

푸른색 카디건(앞을 튼 털 스웨터)에 검은 무늬가 들어 있는 양복을 입은 아사누마 군이, 노트를 들고 조례대 위에 섰다. 아사누마 군의 얼굴이 조금 불그레해져 있다. 나는 '아사누마 군, 잘해.' 하고 마음속으로 응원했다.

아사누마 군은, 쑥 중대가리 머리를 숙이고 절을 했다. 그리고, 얼굴을 들더니, 마이크 옆으로 다가가, 읽기 시작했다.

〈5학년 1반 에가와 기요시 군〉

호주머니에 손을 질러 넣고
고개를 움츠리고
생선회를 사러 가는 차가운 저녁때다.
생선횟집 앞에서 5학년 남자아이가
장화를 신고
고무 앞치마를 졸라매고
납죽 엎드려 일하고 있다.
다랑어 뼈를 넣는 커다란 나무통을
수세미로 북북 문지르고 있다.
물을 솨 넣어 가지고는
대굴대굴 굴려서 문지르고 있다.
수세미가 피로 빨갛게 되어 있다.
나는 지그시 넋을 잃고 보고 있었다.
같은 아파트의 히로 양에게
"옛길 게타 가게 옆의
다랑어 생선횟집의 애, 이름이 뭐지?"
하고, 돌아와서 곧 물어 보았다.
"5학년 1반의 '에가와 기요시'라고 해."
라고 가르쳐 주었다.

처음부터 끝까지, 조금 소리가 떨리고 있는 것 같았다. 누구인들 안 떨리겠는가? 1,000명 이상의 사람 앞에서, 처음으로 해보는 일인 걸 뭐. 교실에선 기운찬, 아사누마 군 같지가 않았다.

그래도, 아사누마 군의 읽는 법이 천천히 하고, 또, 침착해서, 전교 어린이들이 잘 알아들었다.

아사누마 군은, 꾸벅 절을 하고, 계단을 총총걸음으로 내려왔다.

그러자, 아사누마 군과 스치는 듯하며, 양복 바지 포켓에 손을 질러 넣고, 등을 구부린 고자와 선생님이, 조례대로 천천히 올라갔다.

고자와 선생님은, 포켓에서 손을 빼서, 마이크를 기우듬하게 잡았다. 그리고, 얼굴을 앞으로 돌리고, 자세를 바로잡고,

"5학년 1반의 '에가와 기요시'가 누구냐? 손을 들어 봐라."

하고, 가슴을 조금 뒤로 젖히며 말했다. 우리들은, 5학년의 열 쪽을 보았지만, 안 보였다.

고자와 선생님은,

'아아, 누구야?'

라고 하는 듯한 얼굴을 하고, 5학년 전체를 지그시 보고 있었다. 그러다가, 갑자기

"아아! 너구나……. 조금 이리 나와 봐라."

하고, 언제나처럼 손목을 조금 앞으로 흔들며 말했다. 조례대 위에 세우려는 모양이다. 우리들은, 꼼짝 않고 조례대 쪽으로 눈을 돌린 채

'어떤 아이일까……?'

라고, 마음속으로 말하며, 에가와 군이 올라가는 것을 기다리고 있었다.

에가와 군은, 머리 옆으로 손을 보내면서 뛰어나갔다. 그리고, 계단을 총총걸음으로 올라갔다. 에가와 군은, 중대가리 머리를 박박 두세 번 긁었다. 고자와 선생님은,

"허……? 이 손으로, 나무통을 씻었던 거야……? 훌륭하구나."

하고, 에가와 군의 손을 응시하며 말했다. 에가와 군은 부끄러워하며, 꾸뻑 고개를 숙여 버렸다. 그러자, 곧 고자와 선생님은, 한쪽 손을 쑥 내밀었다. 에가와 군은, 어떻게 하려는지 모르고 있는 것 같았다. 그러자, 고자와 선생님은 방긋 웃으며,

"헤헤헤헷……, 악수하자."

며, 손을 코 쪽으로 잠깐 보내면서 말했다. 에가와 군은, 빨간 얼굴을 씽긋씽긋거리면서, 고자와 선생님과 악수를 했다. 그리고, 선생님은,

"대단하다……. 헤헤헤."

하고 웃는 소리를 내며, 또, 칭찬했다. 그리고,

"자! 돌아가거라."

고 했다. 에가와 군은, 방긋 웃으며 손을 머리에 대고, 고개를 움츠리고, 얼굴을 빨갛게 해 가지고, 조례대에서 내려갔다.

나도 감탄해서, 에가와 군에 대해 생각하고 있었다. 에가와 군의 복장. 별로 좋다고는 할 수 없다. 검정색 양복바지. 헐렁헐

렁한 바지. 무릎 있는 데가 조금 흙으로 더러워져 있는 것 같다. 다갈색 점퍼도, 매우 낡았다.

그러나, 일하는 도시의 소년이다. 피가 묻어 있는 나무통을 수세미로 씻는다. 물로 헹군다. 고약한 냄새가 나는, 그 커다란 나무통을 씻는다. 하고 싶지 않은 일투성이. 그래도, 에가와 군은 씻고 있는 것이다. 누구나 다 싫어하는 일을, 에가와 군은 하고 있는 것이다.

또, 나는, 아사누마 군이 에가와 군에 대한 것을 쓰고, 그것을 조례대 위에서 읽은 것에도 감탄했다. 아사누마 군은, 누나와 형의 보살핌을 받고 있다. 아버지는, 아주 훨씬 전에 돌아가셨다. 어머니는 병원 생활을 계속하고 있다. 언제 퇴원할지 모른다고 한다.

만일, 오늘 아침의 일을 아사누마 군의 어머니가 보고 있었다면, 틀림없이 입을 벌리고 웃었을 것이다.

'아주머니, 아사누마 군은 건강하게 잘 있습니다. 그러므로, 걱정하지 말고, 병이 빨리 낫도록 해주세요, 네!'

하고 빌면서, 레코드에 맞춰서 걸어갔다.

아침 조회 때 나오는 말이란, 복도를 달려서는 안 된다, 꽃을 쥐어뜯어서는 안 된다, 무엇무엇을 해서는 안 된다 등, 안 된다 안 된다는 말뿐이다. 그것들은, 다 소중하다는 것은 잘 알고 있다. 그러나, '쇠귀에 경 읽기'요, '못이 박힌 귀'라서, 예상외로 별로 효력이 없는 말이다.

그러나, 고자와 선생님의 조례 당번 때는, 정반대. 우리 학급의 어린이, 문예부 어린이, 선생님이 거리를 걷다가 본 감동스런 어린이 등, 그런 어린이들을 높이 칭찬한다. 칭찬받는 어린이는 물론, 듣는 우리들까지도 아침부터 기분이 좋아진다.

고자와 선생님이 진행하는 조례는, 참 훌륭하구나 하고, 나는 언제나 생각하고 있다.

7. 미국 유학만을 서두르는 넋 나간 한국 어머니들

서울에 올라와 글쓰기 강의를 하면서, 가장 거부감을 느낀 것은, 서울 어머니들이 만날 입에 달고 다니는, "미국 유학"·"미국 어학연수"란 말을 들을 때입니다. 자녀를 미국으로 유학 보내기만 하면, 마치 세상만사가 다 해결되는 유토피아라도 있는 것처럼 떠드는 걸 보면, 넋 나간 사람처럼 느껴질 때가 참으로 많습니다.

다시 말하면, 서울 어머니들의 대부분이 한국의 교육은 철저히 무시한 채, 오직 '미국 동경 일변도'·'미국 유학 일변도'·'영어교육 일변도'에 빠져 있어, 큰일입니다.

그런데, 웃기는 것은, 그런 미국 동경 일변도 어머니의 자제일수록, 한글도 옳게 몰라, 글도 한 줄 제대로 못 쓸 뿐 아니라, 학습태도조차 잘 안 돼 있는, 문제아가 많다는 사실입니다. 자녀의 실력이 어느 수준에 있는 지조차 모르고, 가정교육도 소홀히 한 채, 무작정 미국 유학만 외쳐 대는 허영심투성이 어머니들을 볼 때마다, 나는 실망도 컸고, 또, 아니꼬웠습니다. 그리고, 한국인으로서 정체성이나 자긍심이 저렇게도 없어 가지고, 자녀교육을 어떻게 할 수 있을까 하고, 걱정도 많이 했습니다.

1학년짜리 아들을 둔 어떤 어머니는, 뉴질랜드로 조기유학을 보내는데, 한 학기는 뉴질랜드에서, 또, 한 학기는 한국에서 공부시켜, 양쪽 말을 다 잘하는 어린이로 만들겠다고 자랑하는 것도 보았습니다. 그런데, 그 애 역시, 한글조차 옳게 모르는 상태였습니다.

그리고 또, 한 어머니는, 4학년과 5학년짜리 두 아들이 캐나다에 1년 유학 갔다 왔다고 자랑하면서, 글쓰기 강의를 부탁했습니다. 그래서, 생활문 쓰기에 대한 기초훈련이 끝난 뒤, 캐나다에 유학 가서 가장 인상 깊게 느낀 것을 하나 골라 써 보라고 했더니, 글 한 줄 옳게 써내지 못한 걸 보고, 나는 깜짝 놀랐습니다. 한국과 다른 생활습관이나 공부방법, 그리고, 외로움이나 인종차별 등 쓸거리가 많을 텐데도, 아무리 유도해 봐도 써내지 못했습니다. 캐나다에서 찍어 온 사진 자랑은 많이 했는데도 말입니다.

알고 보니, 한국에서 글쓰기에 대한 공부를 하나도 하지 않고 갔기 때문에, 일기 하나도 안 쓰고, 영어 공부만 하고 그냥 돌아왔다는 것입니다. 돈도 꽤 들어갔을 텐데, 그 얼마나 실망스러운 일입니까?

이 사실을 통해서 분노를 느끼는 것은, 학교에서 국어교육을 얼마나 잘못했길래, 한국에서 3~4년 동안이나 교육을 받았는데도, 글 한 줄 제대로 못 쓰는 바보로 만들어 놨느냐는 것입니다. 초등학교 4·5학년이면, 감수성이 풍부할 때라 느낀 것도 많고, 말하고 싶은 것도 많을 텐데, 그걸 하나 조리 있게 써 내지를 못하다니 말입니다.

실력 있는 어린이로 만들어 달라고 학교에 보낸 것인데, 글 한 줄 제대로 못 쓰는 바보로 만들어 놓다니, 도대체 그 책임을 누가 져야 할까요? 받아쓰기나 글쓰기를 시켜 보면, 국어실력은 말할 것 없고, 그 어린이가 지니고 있는 모든 학력까지도 명명백백하게 다 드러나게 됩니다. 그래서, 나는, 학년말에 반드시 글쓰기 시험을 쳐서, 1년 동안의 담임교사의 교육성과에 대한 책임을 물어야 한다고 생각합니다. 이 말을 들으시고 옳다고 생각되거든, 꼭 한 번 실천해 보시기 바랍니다. 그러면, 반드시 교육계에 일대 혁명이 일어나게 될 것입니다.

그리고, 한국 어머니들이 미국 동경 일변도로 흐르는 데 대해서도, 학교가 한 가닥 책임을 져야 한다고 생각합니다. 한국의 학교나 한국교육이 얼마나 불신을 당하고 있길래, 한국을 헌신짝처럼 버리고, 미국 미국 하며, 오직 미국유학에만 목을 매려 하느냐는 것입니다. 이러한 학부모들의 한국교육 멸시현상을 보고, 한국 교육자들은 많이 반성하고, 부끄럽게 생각해야 한다고 생각합니다. 나도 45년 동안 초등교육현장에 몸담고 있었지만, 가장 뼈저리게 느낀 것은, 교육자들의 연구부족과 자질부족이었습니다.

그런데, 앞에 든 2008년 11월 29일자 《중앙일보》에 실린, '미국서 고전하는 한인 학생'이란 특집기사 가운데, '이민 가면 공부 잘할 거라 대부분 착각'이라는 기사가 있어 읽어 보니, 미국 동경 일변도의 한국 어머니들에게 경종을 울릴 만한 내용이 아주 많았습니다.

한인 밀집지역인 뉴욕 플러싱에 있는 '청소년·가정 상담소'에서, 중고교 중퇴자들에게 '일반교육개발GED' 과정을 가르치고 있는, 뉴욕대생 '신디아 심' 씨는, "미국 온 지 6~8년이 지났지만, 식당에서 음식 하나 제대로 못 시킬 정도로 영어가 서툰 애들이 많다."고 털어놨다고 합니다.

또, 거기에 있는 카도조 고교의 약 4천 명의 학생 가운데, 1천 명 이상이 한인 학생인데, 늘 한인 학생들끼리만 어울려 다니다 보니, 만날 한국말만 하게 되어, 미국에서 태어났는데도, 한국식 발음을 쓰는 이민 2세들이 아주 많다고 합니다.

그리고, 이민자 가정은 대개 부부가 모두 밤늦도록 일을 하느라, 자식들을 방치하는 일이 많아 문제라고 합니다. 중학교까지는 오후 2~3시면 수업이 끝나 버려, 남는 시간을 주체할 수 없는 경우가 많은데, 거기에다 언어와 문화적 어려움이 더해지면서, 탈선하는 한인학생이 갈수록 많아지고 있다고 합니다. 그들

비행청소년들은 학교수업을 빼먹는 게 예사이고, 그러다 보면, 유급되거나 자퇴할 수밖에 없게 된다고 합니다. 그래서, 그런 비행청소년들은 부모를 속이기 위해 성적표까지 위조를 하는데, 그 가짜 성적표는 3~5달러에 거래되기도 한다고 합니다.

이렇게 해서, 학교에서 벗어난 그들은 떼 지어 몰려다니다, 큰 사고를 치기도 하는데, 지난 2007년 초엔, 중퇴자 13명이 플러싱 노래방에서, 시비 끝에 20대 한인 청년을 때려 숨지게 했다고 합니다. 이처럼 좌절한 교민 1.5세·2세가, 플러싱 지역만 해도 수백 명에 달할 거라고 합니다. 그래서, 미국에만 가면 자식들이 공부를 잘할 거라고 생각하는 것은 착각이고, 자식을 세심하게 보살필 자신도 없이, 무작정 자식을 위해 이민을 가겠다고 생각하는 것은 몹시 위험한 일이라고 합니다.

미국의 실정이 이런데도, 우리나라에서는 지금, 어학연수며 조기유학·미국 이민 등의 열풍이 불어, 일대 붐을 이루고 있습니다. 남이 하니까, 안 보낼 수가 없어 무리하게 따라하다가, 가랑이가 째질 지경에 이른 사람도 많다고 합니다. 또, 기러기 아빠·엄마가 되어, 외로운 생활을 하는 사람들은 얼마나 많습니까? 무리하게 외국에 어학연수를 다녀오더라도, 그 성공률은 20퍼센트 정도에 지나지 않는다고 하는데, 꼭 그렇게 무리를 해야 할 필요가 있는 것일까요?

아니라고 생각합니다. 반대 방향으로 역발상을 한 번 해보면 어떨까요. 곧, 우리나라의 모든 어학원과 유치원·초등학교에도 원어민 영어강사가 다 와 있고, 또, 수백억씩 투자를 해서 만들어 놓은 영어마을도 수두룩해서, 한국 안에서도 얼마든지 원어민 영어를 배울 수가 있다고 합니다. 학습의욕이 없어서 문제지, 어린이들이 학습의욕만 있으면, 국내에서도 영어 숙달이 얼마든지 가능하다고 합니다. 한국에서 어린이가 공부를 잘 못하니까, 미국 가면 어떻게 되겠지 하는 이판사판으로 유학 보내는 사람들도 많은데, 과연 그 모험이 성공할 수가 있을까요?

유명한 교육이론가인 정범모 박사도 이 나라의 영어 과열현상을 걱정하며, 어느 칼럼에서,

"한 언어학자의 말대로, 모든 언어에는 기본적인 공통요인이 있는데, 능숙한 국어능력이 외국어 학습과도 연결된다. 그런데, 초등학교는 국어능력 발달에 결정적으로 중요한 시기다."

라고 말하고, 이어, 경제적·정신적 낭비가 많은 영어교육의 과열을 막기 위해, 다음과 같이 제언했습니다.

"첫째, 초등학교의 정규 영어교육은 별 효과가 없다. 정 하려면 과외 선택과목으로 하고, 그 시간은 국어 독해와 작문에 배당함이 더 교육적이다. 둘째, 시급한 것은 중고교 영어교육의 획기적인 개선이다. 셋째, 대학에서 전공과목의 10~20퍼센트를 영어로 강의하는 모습도 대학 본래의 궤도에 어긋난다. 전공학과는 전공을 공부하는 곳이지,

영어를 배우는 곳이 아니다. 영어교육은 따로 강의해야 한다. 넷째, 국제관계에서 활약할 요원은, 국립으로라도 외국어 훈련원을 전국 몇 곳에 설립해, 기숙사에 넣어 장단기의 강력하고 집중적인 교육으로 길러내야 한다."

고 했습니다. 그 이유로,

"외국어는 배우고 나서도, 일상생활에서 쓰지 않으면 곧 잊어버리기 마련이다. 더구나 능숙도가 일정 수준 이상에 이르지 않으면, 급전직하로 망각해 버린다. 일정 수준 이상으로 배우고 나서도, 듣기·말하기·읽기·쓰기 중, 어느 것 하나 가늘게라도 일상생활에서 계속하지 않으면, 망각의 비탈길은 더욱 가팔라진다."

고 했고, 또,

"한국의 일상용어, 또는 공식용어는 영어가 아니다. 아이들이 학교 밖에 나가면, 영어를 사용할 기회가 거의 없고, 어설프게 배운 영어는 곧 잊어버리는 생활환경이다. 외국어는 어려서 배우는 것이 효과적이라는 것은 맞는 말이다. 단, 거기엔, 외국어를 일상생활에서 가늘게라도 계속 쓴다는 조건이 붙어야 한다."

고 했습니다. 그리고 또,

“아무리 세계화 시대라고 해도, 우리나라에서 실무상 유창한 영어가 필요한 사람은, 많아야 인구의 10~20퍼센트밖에 안 될 것이다. 대부분은 영어 없이도, 또는, 기본적인 인사 표현에만 익숙하면 된다. 그 정도는, 나이 먹어도 배울 수 있다. 그들에게 초등학교 때부터 정규과목이나 과외로 영어학습을 강요하는 정책은, 돈과 시간의 낭비다.”

라고도 주장했습니다.

이 얼마나 조기 영어교육에 대한 정곡을 찌르는 귀중한 말입니까? 정 박사님의 말씀 가운데, 우리가 꼭 명심해서 가슴에 새겨야 할 것은,

“능숙한 국어능력이 외국어 학습과도 연결된다.”

고 한 것과,

“초등학교는 국어능력 발달에 결정적으로 중요한 시기이므로, 국어 독해와 작문에 힘쓰라.”

고 한 말씀이라고 생각합니다.

체험에서 우러난 정 박사의 영어교육에 대한 귀중한 말씀을 듣고 나면, 각 시도마다 경쟁적으로 수백억 원씩 투자를 해서 만들어 놓은 영어마을에 대해, 비판하지 않을 수가 없습니다.

제 나라 글인 한글교육에 대해선 돈 한 푼 안 쓰면서, 오직 영어교육에만 막대한 투자를 해서, 시설 과잉으로 운영이 잘 안 되어, 수백억 원씩의 빚을 지고 있다고 하니, 이 얼마나 영어 사대주의에 빠진 정신 나간 사람들의 수작입니까?

이렇게 교육행정가들이 공로주의에 빠져, '영어 몰입교육'이나 '논설문 만능주의'에만 몰두하고 있기 때문에, 이 나라 초등학교 어린이들이 한글도 옳게 몰라, 책도 제대로 못 읽고, 글 한 줄 바르게 못 쓰는 비참한 지경에 이르고 만 것입니다.

'영어 몰입교육'이나 '어학연수'·'미국 유학'을 외치기 전에, 먼저 자녀의 국어실력부터 점검해 보시기 바랍니다. 우선 자녀들의 일기장부터 한 번 펴 보시기 바랍니다. 그러면, 거기서 자녀들이 갖고 있는 모든 학력과 인간 됨됨이의 실태를 다 파악할 수가 있을 것입니다. 그래도 모르겠거든, 받아쓰기나 글쓰기 시험을 한 번 쳐 보시기 바랍니다. 그러면, 자녀들의 실력 유무가 명명백백하게 다 드러나고 말 것입니다.

정범모 박사의 말씀대로, 영어교육에 앞서, 초등학교 때는 모름지기 모국어의 정확한 습득과 작문교육에 힘써서, 그 기초를 튼튼히 닦아 놔야 할 것입니다.

끝